在世界的盡頭找到我

Find Me

安德列・艾席蒙（André Aciman）——著
宋瑛堂——譯

媒體評論

艾席蒙二〇〇七年的暢銷小說《以你的名字呼喚我》被改編成電影，榮獲奧斯卡提名，但是你不需要看過這本書，也能立刻愛上它充滿性吸引力又憂傷的續作。它既全然獨立，又與前作息息相關，它像一首優美的頌歌，訴說光陰的流逝、真愛的永久力量以及孤寂的痛苦……書中的角色後來的發展慢慢揭露，有如一曲輝煌的古典樂。

——BuzzFeed網站

《以你的名字呼喚我》在處理愛的本質方面廣受好評，而《在世界的盡頭找到我》也含蓄而優雅地延續了這個主題。它處理角色心理的手法敏銳而深刻，不過最吸引讀者興趣的問題是艾里歐和奧利佛這對悲劇戀人是否能重聚。但願如此。

——《書單雜誌》

這本書以豐富細膩的細節、幽微的情感以及感動人心的浪漫當作引子，把你深深吸引到情節中，你會再度相信愛情。

——《好主婦》雜誌

優雅……這本小說的靈魂是艾里歐，而它的核心主題，包括為人父、音樂、時間與命運的本質、往昔的重量與隱含的希望，都以灌注了情欲、懷舊與溫柔的流暢文字娓娓道來。這本小說再次展現艾席蒙融合感性與理性的功力，他的故事能觸動你心。

——《出版人週刊》

《在世界的盡頭找到我》感動人心又不流於濫情……一個講述跨世代恆久愛情的優雅而值得留在記憶中的故事。

——《柯克斯評論》

《在世界的盡頭找到我》帶來感官上的享受……無論在非虛構作品或虛構作品中，艾席蒙都始終如一地專注在記憶和歷史責任的主題上。脆弱與無懼的心痛感受使這本書超越了「究竟該不該有續集」的疑問。

——Observer網站，蘿倫·勒布朗

艾席蒙打造出一部和《以你的名字呼喚我》一樣深沉而卓越的續作，可說是完全體現了他的特色，最後艾里歐和奧利佛在故事過了多年後重新有了交集，締造了專屬於這個故事的終曲。艾席蒙以完美手法穿針引線，用他博學而全知的風格拆解結構，把故事繼續說下去……艾席蒙的才華仍然不變，使得《在世界的盡頭找到我》憑自己的本事成為一本傑作。

——Shelf Awareness網站，戴夫·惠勒

目錄

獻給我三個兒子

1 節拍
Tempo

為什麼悶悶不樂？

火車進佛羅倫斯站，我看著她上車。她打開玻璃門，進入我坐的車廂，四下看一看，立刻把背包丟進我身旁的空位，然後脫掉皮夾克，放下她正在讀的英文平裝書，一屁股坐進我斜對面座位，一副氣呼呼的模樣，神態焦躁。我不禁聯想，她上車前一刻似乎和人激烈爭執過，掛電話前講了或聽到針鋒言語，現在仍耿耿於懷。她牽著一條狗，把紅狗繩纏繞拳頭上握著，儘量夾狗在兩腳踝之間，狗的煩惶程度不亞於主人。「乖一點，好女孩。」她終於說，盼能緩和狗的情緒，「乖。」她又說。狗依然碎碎動，扭身想掙脫桎梏。狗上車，惹我心煩，蹺二郎腿的我本能上拒絕放下腳，也不願挪腳讓位，但看她的態度，若非不把我看在眼裡，就是沒注意到我的肢體語言。她的下一個動作是馬上翻找背包，從中掏出一個扁平的塑膠袋，拿出兩個骨頭形狀的小點心，放在掌心上，看著狗舔食。「好棒喔。」她用義大利文說。狗情緒暫時平復了，她稍微抬高身體，把上衣拉正，移動坐姿一、兩次，然後垂頭喪氣發愣，兩眼無神凝望窗外的佛羅倫斯，看著火車開始駛離以新聖母教堂為名的車站。她仍在生悶氣，也許不由自主地搖頭一、兩下，顯然仍在暗罵上車前吵架的對象。一時之間，她顯得徬徨無助，我瞪著攤開的書，忍不住想沒話找話說，只求化解一場看似欲來的山雨，不希望車廂尾的這個小角落遭殃。但我三思後決定，最好別管閒事，還是繼續讀自己的書吧。然而，我瞥見她在看我，我禁不住問：「為什麼悶悶不樂？」

話一出口，我才警覺到，對方是火車上萍水相逢的過客，這話未免太冒失了，更何況對方一副動不動火山爆發的樣子。她聽了只傻眼瞪著我，目光略帶敵意，預報著即將脫口而出的譏諷，準備教訓我一頓。**少管別人家的閒事，老頭子**。或：**干你啥事啊？**或者，她會擺臭臉，尖刻斥責：**混帳！**

「沒事，沒悶悶不樂，只是在想事情而已。」她說。

我愣了一愣。她回應的語調輕柔，近乎懊悔。假如她叫我滾蛋，我可能還不至於語塞。

「大概是在想事情，我的表情才悶悶不樂吧。」

「這麼說來，妳正在想的是開心事囉？」

「不對，也不是開心事。」她回答。

我微笑不語，暗自後悔講這種自認高竿的膚淺戲謔語。

「話說回來，倒也可能是悶悶不樂的事吧。」她接著說，含蓄笑一笑，算是認了。

我為那句不得體的言語道歉。

「用不著。」她說，已轉頭掃瞄窗外愈來愈鄉下的景觀。是美國人嗎？我問。果然是。

我說：「我也是。」她微笑說：「從你的口音聽得出來。」我解釋，我定居義大利將近三十年，美國腔怎麼改也改不掉。經我詢問，她說她十二歲那年隨雙親移民義大利。

她的終點站和我同是羅馬。「公事嗎？」我問。

「不是公事。我父親住羅馬。他身體不好。」隨即，她目光上揚，看著我：「大概是這樣才悶悶不樂吧，我猜。」

「嚴不嚴重？」

「我想是。」

「很遺憾。」我說。

她聳聳肩。「人生嘛！」

接著她換個語調：「你呢？辦公或旅遊？」

她以公式化的問句調侃著，我微笑以對，解釋說，我應邀去某大學對學生朗讀個人作品，但我也會去拜訪住在羅馬的兒子。他會來車站接我。

「一定是個很體貼的兒子。」

她言不由衷，我聽得出來。但我喜歡她輕鬆不拘束的態度，想必她認為對方的心情也能和她一同從鬱悶轉活潑。她的語調吻合一身隨興所至的裝束：牛仔褲、磨禿的健行靴、脂粉未施、黑T恤，外面套一件偏紅的褪色伐木工襯衫，鈕釦只扣了一半。儘管打扮不修邊幅，她卻有一雙濃眉綠眼。被看穿了，我暗忖，被她看穿了。她八成知道我剛才為何拿悶悶不樂一事抬槓。我敢確定，天天都有陌生人找藉口和她搭訕。因此，無論去哪裡，她總擺出那副「好膽試試看」的嘴臉。

她反諷完我兒子後，雙方漸漸聊不起勁，我並不意外。各自捧書讀的時刻到了。但她隨即轉向我，單刀直入問：「你迫不及待想見見兒子嗎？」我又覺得她意在消遣我，但這次的語調並不輕浮。她觸及私事，一語砍破陌生乘客之間的藩籬，作風既誘人，也有卸除心防的作用。我喜歡。我年齡幾乎比她多一倍，即將見兒子的心情，她或許想了解一下。另一種可能是，她根本沒有看書的心情。她等著我回答。「怎樣，高興吧？也可能是，很緊張吧？」

「不是真的很緊張，也可能只有一點點，」我說：「身為父母的人，總怕成為子女的負擔，更怕被孩子嫌悶。」

「你覺得自己個性很悶嗎？」

我的話出乎她意料，讓我心裡喜孜孜。

「說不定我確實很悶。不過話說回來，老實說，天下哪個父母不悶？」

「我就不覺得我父親個性很悶。」

我失敬了嗎？「那我把話吃回去。」我說。

她看著我，微笑一下。「先別吃。」

她懂得旁敲側擊，然後直鑽人心。在這方面，她令我聯想起兒子——她比我兒子大幾歲，卻同樣能直指我的缺失和小心機，常讓我在吵架、和解之後抬不起頭來。

和妳混熟之後，妳是怎麼樣的人？我想問。妳是風趣、快活、調皮，或者另有微量悶悶不樂、暴躁易怒的血清在血脈裡竄流，能蒙蔽妳五官，能覆蓋住那抹微笑和綠眼許諾的所有歡笑？我想知道——因為我看不出端倪。

正當我想稱讚她讀心術高超之際，她的手機響了。男朋友，那還用說嘛！不然是誰？被手機干擾早已是我的家常便飯了。約學生喝咖啡，和同事交談，甚至與兒子相處的時候，中途免不了冒出手機鈴響煞風景。欣獲手機解圍，被手機封口，話題因手機干擾而轉向。

「嗨，老爸。」她一鈴響就接聽。我相信她動作如此之快，是為了避免鈴聲吵到其他乘客。但令我吃驚的是，她竟對著手機大吼。「都怪該死的火車啦。火車停了，不曉得還要停多久，不過，兩小時之內一定會到啦。待會兒見。」父親問她一件事。「我當然有啊，你這個老流氓，我怎麼可能忘記。」父親再問一件事。「也有啦。」沉默。「我也是。好多好多。」

關機後，手機被她扔進背包，意思彷彿是：我們不會再被干擾了。她對我展現不安的笑容。「父母啊。」她終於說，意思是，天下父母全一樣，對不對？

但她隨即解釋。「我每個週末去看他——我是他的週末看護——我的兄弟姊妹和看護負責週一到週五。」她不給我插話的空檔，接著問：「怎樣，你是為了今晚的活動打扮得漂漂亮亮嗎？」

把我的穿著形容成這樣！「我看起來『漂漂亮亮』？」我回應，把形容詞當球，笑鬧傳回給她，以免她認為我想誘使對方恭維兩句。

「呃，口袋方巾、熨燙平整的襯衫、不打領帶卻戴著袖口鏈？我敢說，你一定慎重搭配過。是有點古板啦，不過倒是整潔俐落。」

這話逗得兩人相視微笑。

「不對，我其實帶來了。」我說著，從西裝口袋亮出半條花花綠綠的領帶，然後收回口袋裡。我想讓她明白，我這人夠幽默，懂得自嘲。

「正如我所料，」她說：「漂漂亮亮！不像退休教授穿著做禮拜的服裝，不過也差不多了。怎樣，你們父子倆在羅馬都做些什麼？」

她不打算放過我，是嗎？我開頭問她的那句話，語調該不會令她以為兩人之間用不著客套？「我們五、六個星期見一次面。他住羅馬，不過不久後就要搬去巴黎。我已經在想念他了。我喜歡白天和他隨便亂逛，不特定做什麼，多半是散散步，不過通常怎麼走都是同一條路線：他的羅馬，在音樂學院附近；我的羅馬，剛任教職時住的那一帶。最後，我們總是在阿曼多餐廳吃午餐。究竟他是在容忍我，或是真的喜歡和我相處，我到現在仍無法分辨，說不定都有。不過父子見面逛街成了一種儀式：維多利亞路、貝爾西安納路、德巴布因諾路。有時候，我們一路漫步到新教徒墓園。這些地方像是我們人生指標，成了我們默禱的對象。虔誠的信徒會在街頭聖母像前駐足禱告致敬，我們的默禱跟他們一樣。我們都忘不了：午餐、散步、默禱。我很幸運。陪他走遍羅馬，這本身就是一種祈禱儀式。無論在哪裡轉個彎，一定會撞見往事──個人往事、別人往事、羅馬城往事。我喜歡暮色籠罩的羅馬，他喜歡午後。有幾次，我們隨便找個地方喝下午茶，只為了稍微拖延時間，等夜幕低垂才喝酒。」

「就這樣而已？」

「就這樣。我帶他走瑪谷姐路[1]，他帶我走貝席安納路──緬懷父子各有的一段舊情。」

「默禱以前的默禱會？」火車上的年輕女郎揶揄。「你兒子已婚嗎？」

「單身。」

「他有對象嗎？」

「我不清楚。我懷疑他一定有了。不過，我很擔心他。幾年前他和人交往過，後來我也問他現在有沒有對象，但他只搖搖頭說：『別問啦，爸爸，別問。』意思是，沒特定對象，或任何人都可以是對象，我不知道哪一種比較不好。以前他對我滿坦白的。」

「我覺得他對你算誠實了。」

「對，可以說是。」

「我喜歡他，」坐我斜對角的女子說：「或許是因為我跟他半斤八兩吧。有時候，別人怪我太坦白、太直接，收斂後卻被罵太矜持、太自閉。」

「我不覺得他對其他人自閉。不過，我倒覺得他不是很快樂。」

「我懂他的心情。」

「妳呢？有另一半嗎？」

「你知道就好了。」

「什麼？」我脫口問，語氣宛如驚訝與愁苦兼具的嘆息。她這話到底是什麼意思？是目前沒有對象，或是對象太多，或男伴離她而去，她承受不了打擊，於是拿自己出氣，或以男友一個換一個來洩恨？或者是，人來人往，川流不息，和我擔心兒子遇到的許多對象一樣。

---

1 譯注：瑪谷妲路（Via Margutta），一九五三年電影《羅馬假期》場景，知名居民包括義大利導演費里尼。

或者是，她這種人交往時習慣來無影去無蹤，不留紀念品？

「我連我這一型喜不喜歡和人相處都不清楚了，更別說談戀愛。」

我依稀看得出她和我兒子的相似處：同有一顆充滿怨懟、冷漠、傷痕的心。

「是妳不喜歡人，或妳只是厭倦人，拚死拚活也不記得自己怎麼會對人有意思？」

她忽然詞窮，滿臉震驚，吐不出一個字。她的亮眼直直瞪著我。難道我又冒犯到她了？

「你怎麼可能知道？」她終於問。這是我頭一次見她表情轉嚴肅，面露慍色。我看得出，她精選了幾句罵人話，正磨刀霍霍，準備劈向這個愛管人私事的放肆多嘴公。早知道最好什麼話也不講。「我們認識才不過十五分鐘，你竟然這麼了解我！你怎麼可能知道我的底細？」

接著她停頓一下：「你的鐘點費怎麼算？」

「這次免費。我懂的不多，只知道在這方面大家差不多是一個樣。何況，妳還年輕，長得美，我相信常有男人繞著妳團團轉，所以妳的問題不會是出在認識太少人。」

我該不會又講錯話、逾越分際了？

為了收回恭維話，我接著說：「只不過，認識新對象的那份神奇感總是延續不夠久。得不到的東西，人才會想追求。能在我們心中留下痕跡的，是我們失去的人，或是始終不知道我們存在的人。其他人連空影都稱不上。」

「瑪谷姐小姐就屬於這一類嗎？」她問。

我心想，這女人反應神速。我喜歡瑪谷姐小姐這綽號。多年前的舊情頓時變得溫和、無傷大雅，幾乎成了趣談。

「我一直不太清楚。我們交往的時間太短，發展也太快了。」

「多久以前的事？」

我思考一陣子。

「說出來怕見笑。」

「哎唷，快說啦！」

「起碼二十年前了。呃，將近三十年。」

「怎樣呢？」

「那時候我在羅馬教書，出席一場聚會，當時她攜伴參加，我身邊也有一個人，我和她碰巧搭上話，一講就不想停。最後，她和男友走了，不久我也帶女友走了。我和她甚至沒有交換電話號碼。可是，我滿腦子是她，趕不走，只好打電話給邀請我的朋友，向他要她的電話。笑點來了。前一天，她也打電話給那位朋友，向他要我的電話。我後來打給她，說：『聽說妳想找我。』應該先報上自己姓名才對，不過我當時沒考慮到那麼多。我好緊張。

「她一聽就認出我的嗓音，不然就是朋友密報說我會打給她。她說：『我正想打給你。』我回應：『結果妳沒打。』她說：『對，我沒打。』就在這時候，她講了一句話，顯示她膽量比我大，我聽了脈搏加速，因為我沒想到她會講這種話，我一輩子忘不了。她問我：『那，我們怎麼進行下去？』**我們怎麼進行下去？**簡單一句，我知道人生即將被推出常軌。在我認識的人當中，沒有一個對我講過這麼坦白、近乎狂野的話。」

「我欣賞她。」

「有什麼不值得欣賞的？直率而冒失，切中要領，逼我當下做決定。我說：『我們一起去吃個午餐吧。』她問：『因為晚餐比較麻煩，對不對？』我愛這句話裡大膽而絕對的反諷。『我們去吃午餐吧——今天就去，』我說。『今天就去。』進展如此之快，我們兩個忍不住笑起來。那一天，再過幾乎不到一小時，就是午餐時間。」

「她有意劈腿，你心裡有疙瘩嗎？」

「不會。當時我做的是同樣的事，心裡也沒有疙瘩。午餐拖得很長。她家在瑪谷姐路，飯後我陪她走回家，然後她陪我回午餐的地點，然後我再陪她走回家。

「『明天再見？』我問，仍不確定自己是否操之過急。『沒問題，明天。』那是耶誕節前一星期。到了星期二下午，我們做了一件瘋狂絕頂的事：買了兩張飛倫敦的機票。」

「好浪漫！」

「一切進展得這麼快，感覺這麼自然，雙方都覺得沒必要和另一半溝通，也沒考慮到另一半。我們只是放空所有的顧忌。在那年代，我們仍有顧忌。」

「你的意思是，這年代百無禁忌？」

「我哪知道？」

「對，我猜你是不會懂的。」

她如此側面挖苦我，令我明白，我應微微惱火才對。

我嘿嘿一笑。

她也是，以這反應暗示說，她知道我的反應並不誠實。

「到頭來，戀情幾天就結束了。她回去男友身邊，我也回到女友身邊。我和她並沒有維持普通朋友關係。不過，我參加他們的婚禮，後來我和女友結婚，也邀請他們出席。他們的婚姻延續下去了。我們的散了。就這樣。」

「你為什麼放她回男友身邊？」

「為什麼？大概是因為我始終無法徹底信任自己的感覺。我沒有盡力挽留她的意思，而她早已知道我不會挽留。也許我當時想談戀愛，擔心自己沒有愛上她，寧可去倫敦走那一段不上不下之旅，也不願正視我不愛她的事實。也許我寧可懷疑也不願知道吧。咦，妳呢？妳鐘點費怎麼算？」

「一針見血！」

上次和人對話如此投機，是多久前的事了？

「好，話題轉到妳身上。談談妳目前的對象，」我問：「我相信妳目前有專情的對象，對吧？」

「有對象，是的。」

「交往多久了？」我趕緊縮口。「希望妳不介意我問。」

「我不介意。還不到四個月。」接著她聳聳肩說：「還不值得大書特書。」

「妳欣賞他嗎？」

「還好。我們處得來。而且，我們的興趣有很多交集。不過，我們只是兩個玩家家酒的室友。不是同居人。」

「說得妙。兩個玩家家酒的室友。悲哀。」

「是很悲哀，沒錯。不過，同樣悲哀的是，這幾分鐘之內，我對你吐露的心聲可能勝過我一整個星期和他分享的事。」

「說不定，妳不是輕易對人坦白的那一型。」

「我卻肯跟你暢談。」

「我是陌生人，而對陌生人坦白比較容易。」

「我唯一能坦白聊的對象只有父親和愛犬帕夫洛娃，而這兩個都不久於人世。更何況，我父親討厭我現任男朋友。」

「這是身為父親的通病。」

「可是，他卻崇拜我前一任男友。」

「妳崇拜前一任嗎？」

她微笑，已決定幽自己一默代答：「不崇拜。」她思索片刻。「我前任想和我結婚，被我回絕。分手的時候，他沒有翻臉，我感到萬幸。結果事隔不到六個月，我聽說他快結婚了。我氣炸了。假如說我曾為失戀而傷心痛哭，就是在聽說他快要結婚了的那一天，而且新娘是他和我以前天天取笑的女人。」

無言。

「絲毫不愛對方卻照樣吃醋——妳很難搞定。」我最後說。

她望我一眼，神態既含有若隱若現的申斥——因為我斗膽如此評斷她——也含有困惑好奇心，想進一步了解。「我在火車上認識你不到一個鐘頭，你竟然對我掌握得這麼通透。厲害。不過，我乾脆自曝另一個很爛的缺點。」

「好戲登場囉？」

我和她都笑了。

「我向來不和我交往過的人保持聯絡。絕交在英文的說法是放火燒橋。多數人不喜歡分手後燒橋，我不同。我似乎常在分手後把橋轟個稀爛——大概是因為本來橋就不怎麼牢靠吧。有時候，我把所有東西留在對方公寓裡，一走了之。我討厭歹戲拖棚式的整理東西搬走，也討厭分手後難免哭哭啼啼求復合的場面。最讓我討厭的是，明明再也不想共枕了，甚至不想被對方碰觸，還硬裝得依依不捨。你說得對：我不明白自己為什麼和人開始交往。在剛固定交往的階段，大小事都煩。另外還得忍受一大堆居家小習慣。他家鳥籠的臭味。他喜歡疊CD的方式。遠古時代的暖氣機會在半夜吵醒我，卻從來吵不醒他。他喜歡關窗戶，我喜歡開窗。我脫了衣服隨處丟，他希望毛巾摺好收好。擠牙膏，他喜歡從尾巴整整齊齊擠，我則是能擠哪裡就擠哪裡，而且老是找不到蓋子，老是被他在馬桶後面地板上找到。遙控器要擺定位，牛奶一定要靠近冷凍庫但又不能太靠近，內衣褲和襪子要放進這一個抽屜，不准放那一個抽屜。

「話雖這麼說，我不是一個難搞定的人。我其實是個好人，只是主見有點強而已。不過，這只是個表象。我能容忍所有人和所有事。至少忍一陣子還可以。後來有一天，我突然覺醒了：我不想跟這男人在一起，不想讓他接近我，非遠走高飛不可，我努力壓抑這股衝動。但是，一旦對方意識到我想走，他會擺出可憐兮兮的小狗狗眼神，纏著我不放。我一看到那眼神，咻的一聲，一溜煙逃走，馬上另尋新歡。

「男人啊！」她最後說，彷彿能一語道盡男人的缺點——對於男人的缺點，多數女人願睜一眼閉一眼，學著包容，最終能原諒她們盼能畢生珍愛的男人，即使她們自知不會愛一輩子也一樣。「我討厭見到任何一個人受傷。」

一抹陰霾飄來，徘徊在她的五官上空。我但願能撫摸她的臉，輕輕地摸。她瞥見我在看她，我的視線趕緊往下移。

* * *

再一次，我注意到她的靴子。這雙靴野性奔放，彷彿踏過嶙峋的山路，歷盡風霜，老態畢露，換言之深受她信賴。她喜歡穿身經百戰的衣物。她重舒適感而輕忽外觀。她穿海軍藍厚毛襪，是男襪，極有可能來自她自稱不愛的男人的抽屜。然而，她這件季中時裝款的重機騎士皮夾克看起來甚為名貴。Prada，八成是。她是不是從男友家衝出來，匆忙中隨手拿一件披上身，急著說：**我想去看我爸，今晚打給你？**她戴男錶。也是男友的嗎？或者她只是偏好男錶？她渾身散發著剛毅、粗獷、半成品的性格。隨後，她襪子和褲管之間乍現一小片肌膚，是我見過最光潤的腳踝。

「談談妳父親的事吧。」我說。

「我父親？他情況不太好，快走了。」接著她打斷自己的話。「你還按鐘點收費嗎？」

「正如我剛說過的，和永遠不再見的陌生人談心事比較容易。」

「你這麼認為嗎？」

「什麼？在火車上談心事？」

「不是。你以為我們永遠不會再見面嗎？」

「機率有多高？」

「有道理，非常有道理。」

兩人相視微笑。

「好，繼續談談妳父親吧。」

「我一直在想一件事。我對他的愛變了。不再是油然而生的親情，而是一種沉吟、戒慎的看護情。不是真愛。儘管如此，父女彼此還是有話就說，我沒有丟臉到不能告訴他的事。我母親離開我們快二十年了，從此只有他和我。有陣子，他交了一個女朋友，不過現在他獨居。有人會定時到他家照顧他，煮飯洗衣服，打掃環境，整理東西。今天是他七十六歲生日。所以才有這個蛋糕。」她邊說邊指向頭上行李架上的一個方形白盒子。她似乎顯得難為情，或許正因這緣故，她指著蛋糕盒時伴隨一小陣嘻嘻笑。「他說他邀請了兩個朋友過來吃午餐，可惜兩人一直沒回應，我猜他們一定不會來。最近沒有人肯上門。我兄弟姊妹也不會來。我在佛羅倫斯住處附近有家老店賣泡芙蛋糕，他很喜歡，說這泡芙蛋糕能讓他重溫在佛羅倫斯教書的好日子。他當然不該吃甜食囉，不過……」

講完一整句是畫蛇添足。

兩人之間的沉默延續了半晌。我認定雙方話題已枯竭，又作勢重拾書本。不久後，書攤開著，我開始望著窗外托斯卡尼綿延起伏的景觀，思緒飄移起來。一個模糊的怪念頭漸漸映入我心坎，我遐想著她移到我鄰座。我知道自己正在打瞌睡。

「你讀不下去了，」她說。接著，她有干擾到別人的自知，立刻補上一句：「我也讀不下去。」

「讀累了，」我說：「沒法子專心。」

「內容有意思嗎？」她看著我這本書的封面問。

「還不賴。多年後重讀杜斯妥也夫斯基，難免有點失望。」

「怎麼說？」

「妳讀過杜斯妥也夫斯基嗎？」

「讀過。我十五歲的時候很仰慕他。」

「我也是。他的人生觀讓青少年一看就懂：哀愁、充滿矛盾、苦悶、惡毒、恥辱、愛、同情、悲戚、怨恨，以及最坦率的善行和自我犧牲——全部散見在他作品裡。對於身為青少年的我而言，杜斯妥也夫斯基是我的複雜心理學初級班。我以為我是個腦筋全然混亂的人，不過他所有角色的思路也不見得比我清晰。我覺得怡然自在。依我看來，人類心理成分濃淡不均勻，一個人從杜斯妥也夫斯基能學到的東西比佛洛伊德多，也勝過所有心理醫師。」

她沉默不語。

「我正在看心理醫生。」久久之後她說，語調裡多了一絲抗議的意味。

難道我又在無意間惹到她了？

「我也看心理醫生。」我呼應，或許是想收回剛才那句怕被詮釋為瞧不起人的話。

我們互相凝視著對方。我喜歡她這種和煦而輕信他人的微笑，顯示她心地真誠，意志力薄弱，也許甚至不堪一擊。無怪乎男友都寵她。她的視線一飄開，他們就知道留不住她了。微笑不見了。以懾人的綠眼直盯，問直擊內心的問題時，那份慵懶模樣也不見了。在公共場合，你眼神正好和她相接之際，她的視線能傳達她對親密關係的索求無度，那份神態也不見了。你這時候理解，人生走不下去了。她正在施展這一招。她使得親密感呼之欲出，讓親密感來得不費吹灰之力，彷彿你向來有這份潛能，正渴望能分享，卻又發現除非與她同在，否則永難發揮這項潛力。我想握住她，想碰玉手，想伸一指輕撫她額頭。

「為什麼看心理醫生？」她問，彷彿她思考過這問題，百思不得其解。「希望你不介意我問。」她追加這句，微笑著模仿我的說法。顯然和陌生人交談時，她不習慣走較柔和、較和顏悅色的路線。我問她為何訝異我看心理醫生。

「因為你看起來好穩重，很——漂漂亮亮。」

「我說不上來。也許是因為青少年時期讀杜斯妥也夫斯基發現的心靈缺口一直沒填補好吧。我曾經相信，缺口早補齊了，現在卻不太確定這種缺口有沒有亡羊補牢的機會。話雖這麼說，我想了解一下。我們有些人始終跳不到下一個階段。我們迷失了前進的方向，結果在起跑點原地踏步走。」

「所以你才重讀杜斯妥也夫斯基？」

這話問得貼切，令我微笑。「也許是因為我一直想循原路回溯，跳上當年該搭的那艘渡輪，航向對岸一個叫做『人生』的地方，可惜找錯了碼頭，在碼頭空蹉跎，或者不幸搭錯渡輪。這是大叔通病。」

「你聽來不像搭錯渡輪的那種人。你真的搭錯船了嗎？」

她是在逗我嗎？

「今早我在熱那亞上火車時想過，因為我突然想到，也許我人生當中錯過了一、兩艘渡輪。」

「為什麼會錯過？」

我搖搖頭，然後聳聳肩，暗示我也不明白原因或不願明言。

「有些事可能發生卻始終沒發生，但還是有可能發生，只可惜我們心死了，不敢奢望。這難道不是壞到不能再壞的假想情境嗎？」

我看著她的眼神一定是迷惑透頂。「妳是在哪裡學會這種思想模式的？」

「我常讀閒書。」接著，她瞟我一眼，透露一絲在意別人眼光的神態：「我喜歡和你講話。」她停頓一下。「照你剛才說的，結錯婚就是你搭錯的渡輪？」

這女人腦筋轉得快。而且姿色姣好。而且思路迂迴，九彎十八拐，和我有時候一樣。

「起先不是搭錯船，」我回答，「至少我當時不願這麼想。不過，在兒子去美國之後，夫妻情變得淡薄，感覺像兒子的整個童年不過是一場彩排，只等著終究要來的夫妻緣盡戲上演似的。我和她幾乎無話可說，對話常像雞同鴨講。我們格外相敬如賓，但即使兩人共處一室，照樣覺得好孤單。同坐一餐桌，吃的不是同一頓飯。同睡一張床卻不共枕，看同一齣電視節目，去同樣的城鎮旅遊，和同一位瑜伽教練練瑜伽，聽見笑話一同呵呵笑，兩人卻從來不在一起，並肩坐在爆滿的戲院卻從來不擦肘。有段時間，每次我在路上撞見情侶接吻，甚至擁抱，我也不曉得他們為何在接吻。我們是湊在一起的兩個孤魂，直到有天，我們其中一人打破了小菜碟。」

「小菜碟？」

「抱歉，是伊迪絲・華頓[2]。我太太跟我的至交跑了，幸好沒打散我們的交情。反諷的是，她另有新歡，我一點也不遺憾。」

「也許是因為這麼一來，你也能自由去尋新歡。」

「我一直沒找到。我和前妻維持友好關係，知道她在為我操心。」

「她應該操心嗎？」

「不應該。對了，妳為什麼看心理醫生？」急著轉移話題的我問。

「我？寂寞。我受不了落單的滋味，卻也等不及想自個兒靜一靜。看看我。我獨自搭這班火車，慶幸能和這本書獨處，遠離一個我永遠也不愛的男人，但我卻寧願和陌生人聊天。沒得罪你吧，希望。」

我微笑以對。意思是：**沒得罪我**。

「最近我常見人就開話匣子，郵差來了，我跟他閒話兩、三句，卻從來不告訴男友我心情如何、正在讀哪一本書、我要的是什麼、討厭什麼。就算告訴他，他也聽不進去，更談不上了解。他缺乏幽默感。每個笑點，都要由我向他說明。」

我們繼續聊到車掌過來驗票。他看到狗，抱怨說，只有關在狗籠裡的狗才准帶上火車。

「我現在又能怎麼辦？」她反擊。「把牠丟下車嗎？或假裝我是盲人？不然現在就下車，錯過我父親七十六歲慶生會。其實也稱不上慶生會，因為他快死了，以後沒機會再過生日。快告訴我啊。」

---

2 譯注：伊迪絲・華頓（Edith Wharton），典故出自小說《伊坦・弗洛美》（*Ethan Frome*）。

車掌祝她今天萬事如意。

「也祝你如意。」她喃喃以義大利文回敬。接著，她轉向愛犬。「妳呀，別再引人注意了！」

這時候，我手機響了。我忍不住想起身進兩車廂相接處接聽，但想想後決定待在原位。狗被手機鈴聲驚動，這時睜大眼睛盯著我，眼裡寫滿問號，彷彿在說：**現在換你講手機了？**我以嘴形告知對面乘客：**是我兒子**，見她對我微笑，她趁這突如其來的干擾，對我比手勢，表示她想去洗手間。她遞給我狗繩，低聲說：「她不會惹你麻煩的，放心。」

我看著她起身，首度理解到，她不修邊幅的外表不像我的第一印象那麼邋遢，站起來後的姿色更加迷人。該不會我剛才就注意到了，只是盡量不朝這方向想？或者，我真的一直有眼無珠？如果我下車時，兒子見我有美女陪同，我會歡喜得無可名狀。我知道，前往阿曼多餐廳途中，父子會一路談論她。我甚至能預見兒子如何起話頭：**剛在車站和你閒聊的那個模特兒美女是誰？告訴我嘛……**

正當我愈想愈起勁之際，電話內容跳出來煞盡風景。兒子來電想告訴我，他今天早晚都沒空見我。我倒抽一口氣，好奇原因，他說，某鋼琴手今天在那不勒斯有一場演奏會，因病不克登台，他得趕去代打。什麼時候回羅馬？明天，他說。我愛聽他的嗓音。曲目是什麼？莫札特，全是莫札特。女子上完洗手間，默默坐回我對面的位子，傾身向我示意，等我掛掉後想和我續聊。我對她盯得比剛才更緊，部分原因是我正忙著講電話，目光若有心似無意、游移、無城府，另一原因是我能趁講電話的機會繼續凝視那雙習於注目禮、喜歡被人注目的眼睛。她也可能永遠猜不透的是，如果我鼓起勇氣，能以同等熱切的目光回敬她，全是因為在凝視的過程中，一種印象也開始我心中萌生：在她眼裡，我的眼睛也同樣美。

絕對是大叔才有的白日夢。

在電話中，父子對話停頓一下。「可是，我搭早班火車，為的正是和你遠遠散步一圈。我來羅馬為的是看你，朗讀會算哪根蔥。」我很失望，但我也明瞭，由於對座女子正在聽，我的戲未免演得有點過火。想到這裡，我及時煞車：「不過我能諒解。真的。」斜對面的女子朝我望一眼，神情焦慮。接著她聳一聳肩，並非展現她對父子之爭漠不關心，而是想暗示我——或者我個人這麼以為——兒子夠可憐了，放過他吧——**不要讓他心懷愧疚**。聳肩之外，她也以左手示意，勸我：**算了吧，不要再計較了**。我問：「明天呢？明天總可以吧？」能來飯店和我會合嗎？兒子回答，下午三、四點可以——四點前後？我說：「四點前後。」

他說：「默禱會。」我呼應：「默禱會。」

「妳聽到他了。」我最後轉向她說。

「我聽見的是你。」

她又在逗我了。而且她正在微笑。我有點以為，她朝我靠得更近，也考慮站起來，移到我鄰座，伸雙手讓我握。她也有同樣的念頭嗎？我正在盤算她的意願嗎，或只是我一廂情願的想法，在自己腦海裡空幻想？

「我本來期望跟兒子一起吃午餐。我想和他一同歡笑，聽他最近日子過得怎樣，聽他談演奏會，聽他談事業。我甚至希望火車靠站後，我能趕在他看見我之前看見他，希望他有機會認識妳。」

「又沒什麼大不了的。反正你明天能見到他，四點前後？」我再度從她口中聽見揶揄。

我愛這種調調。

「反諷的是——」我正要接著說，想想卻作罷。

「反諷的是什麼？」她詢問。我暗忖，她咬了就不放嗎？

我沉默片刻。

「反諷的是，他今天沒空，我並不遺憾。在朗讀會之前，我有不少事要忙，住進旅館之後或許也該休息一陣子，不必照往例來羅馬找他一起去散步。」

「你不遺憾，有什麼好驚訝的？你們父子各有各的生活，交錯點再多，一同默禱的場合再頻繁，兩人同樣是獨立的個體。」

我喜歡她這種說法。我早明白這道理，但她的說法透露某種程度的體諒和關懷，令我意外，因為這特質不符合剛才氣呼呼上車坐下的女子。

「妳怎麼懂這麼多？」我問，壯著膽子凝視著她。

她微笑。

「套一句我曾在火車上遇見的人說過的話：『我們全是這樣子。』」

她和我同樣心儀這場對話。

接近羅馬站的時候，火車慢慢停下，幾分鐘後再起步。「下車後，我想搭計程車。」她說。

「我也是。」

原來，她父親家離我旅館僅有五分鐘車程。他住台伯河岸，我的旅館在加里波底路，走幾步就能到我多年前的住處。

「那就搭同一輛吧，車錢平分。」她說。

廣播宣布火車即將進入羅馬總站。火車徐徐進站之際，我們看著一列又一列的陋屋和倉庫映入眼簾，每一棟都掛著褪色骯髒的舊看板。不是我心愛的羅馬。眼前的景象擾動我心情，興起五味雜陳的思緒，即將見兒子、出席朗讀會、重拾優劣並存的太多往事，我不禁產生矛盾的心情。忽然間，我下定決心，今晚依約朗讀後，我會照社交禮儀和老同事喝杯雞尾酒，然後託辭婉拒共進晚餐的邀約，自己找事情做，也許去看場電影，然後在房間窩到隔天，等兒子四點過來找我。「我希望主辦單位至少訂到我指定的那一間，有個大陽台，所有圓頂建築盡收眼裡，」我說。我想展現的是，儘管兒子那通電話洩我氣，我仍懂得往光明面看待事情。「待會兒我去辦入住手續，洗洗手，找個好地方吃午餐，然後休息。」

「為什麼？你不喜歡吃蛋糕嗎？」她問。

「我沒有不喜歡蛋糕啊。妳能推薦一個吃午餐的好地方嗎？」

「可以。」

「哪一家？」

「我父親家。來一起吃午餐嘛。我們家離你飯店那麼近。」

我微笑，真心被她自發性的好意感動。她在憐憫我。

「妳的好意我心領了，但我真的不該去。妳父親的最愛來了，和他共享難能可貴的時光，妳怎麼能找我去鬧場？何況，他不認識我這個阿貓阿狗。」

「我認識你就好。」她說，彷彿這話能改變我心意。

「妳連我叫什麼名字都不知道。」

「你剛不是說阿狗？」

兩人都笑了。「我叫薩謬爾。」

「請你一定要來。場面非常單純，很低調，我保證。」

我依然無法接受。

「快答應嘛。」

「我不能。」

火車終於靠站了。她拿起夾克和書，肩挑起背包，狗繩繞手，從上頭的行李架取下白盒子。「蛋糕在這裡面，」她最後說：「哎唷，快答應嘛。」

我搖搖頭，意謂恭敬但堅決的婉拒。

「這樣吧，我提議去鮮花廣場買一條魚，挑一些綠葉蔬菜——我總是魚自己買、自己煮、自己吃——然後二十分鐘不到，就能湊齊一頓香噴噴的午餐。有新臉孔出現在他門口，他一定會很高興。」

「妳憑什麼認定他和我找得到話題可聊？場面恐怕會僵到不像樣。而且，他做何感想，妳想過嗎？」

她愣了一下，腦筋才轉過來。

「他不會想歪啦。」她終於說。

顯然，她完全沒有這種想法。

「更何況，」她接著說：「我又不是三歲小孩，他也不是小孩，愛怎麼想，隨他去吧。」

無話可說之際，我們下車，站上擁擠的月台。我忍不住匆匆四下偷望一圈。說不定兒子改變主意了，想來車站給我驚喜。但月台上的人沒有一個在等我。

「對了——」我忽然想到，「我連妳的名字都不清楚——」

「米蘭達。」

這名字震住我。「好，米蘭達，多謝妳好心邀請我，但——」

「我們是在火車上相遇的陌生人，薩米，而我也知道聊天很廉價，」她說。她已經幫我取個小名了。「不過，我已經對你坦白，你也對我坦白。我們認識的人當中，能這麼隨興坦誠相待的人不多吧。老套的做法是，火車上發生的事隨火車而去吧，就像一把傘，或忘了帶走的一雙手套，我們不要像那樣。我知道我以後一定會後悔莫及。而且，你如果能來，我，米蘭達，會高興得不得了。」

我愛她講這句話的口吻。

兩人再次無語。我不是在遲疑，但我能瞬間看穿她將我的沉默解讀為默許。在她掏手機通知父親之前，她問我是不是也該打一通電話吧？最後這個「吧」令我動容，但我不確定她的含義，也不清楚動機何在，而我也不想臆測、猜錯。我心想：**這女孩子設想很周全**。我搖搖頭。我沒電話好打。

「爸。我想帶個客人去見你。」她對著手機吼。父親一定是沒聽見。「一個客人，」她再說一遍。接著，她一面阻止愛犬撲向我，一面說：「『什麼樣的客人』是什麼意思？一個客人。他是教授。和你一樣。」她轉向我，以確定推論無誤。我點頭。接著是顯而易見的問句，她的答覆是：「不對，你錯得離譜。我會買條魚。最多最多二十分鐘，我保證。」

「這時間應該夠他換穿乾淨的衣服。」她打趣說。

假使我已決心取消今晚同事聚餐，原因是——在我不太願意自我承認的情況下——我已有放眼未來的盤算，想約她共進晚餐，她該不會如此懷疑吧？她怎可能起這種疑心？

計程車來到西斯托橋轉角，我請司機停車。「乾脆我先把行李留在房間裡，然後去妳爸家見面——差不多十分鐘就好。」

她不從，在計程車即將停下時揪住我左手臂。「休想。假如你的想法和我差不多，你會去辦入住手續，把行李放進房間，洗洗手——你剛說你急著做的事——然後消磨十五分鐘，打電話說，你改變心意，決定不去了。或者，你可能連一通電話也不打。要是你的想法和我相近，搞不好你甚至會想一句好話，祝福我父親生日快樂，講得很真心。你是不是很像我啊？」

這話也感動我。

「也許吧。」

「如果你真的像我，你八成喜歡被揭穿，快承認吧。」

「如果妳真的像我，妳已經在暗忖：『我邀請這傢伙幹嘛？』」

「這樣的話，我就不像你了。」

兩人都笑起來。

多久沒這樣了？

「什麼？」她問。

「沒事。」

「才怪！」

她該不會也看穿了？

我們下計程車，直奔鮮花廣場，找到她習慣光顧的魚販攤位。在選購之前，她請我幫她牽狗。為保持衛生起見，我不想牽狗靠近攤位，但魚販認得她，而她也說不成問題。她問：「你喜歡什麼魚？」我回答：「最容易煮的一種。」「要不要也來幾個干貝，今天好像進貨不少。」她問，「干貝是今天剛撈上岸的嗎？」攤販回答：「今天一大清早。」她問：「你確定嗎？」他回答：「當然確定。」兩人如此打交道已有多年經驗。她彎腰檢查干貝時，我瞥見她的腰。我一時衝動，想伸手攬一攬她的腰，摟摟肩膀，吻她頸子和臉。我轉移視線，改看攤販對面的酒品商行。「妳父親喜歡喝弗留利地區出產的乾型白酒嗎？」

「照規定他不能喝，不過，我愛喝乾型白酒，產地不拘。」

「那我也買一瓶桑塞爾。」

「你打算灌死我父親嗎？」

魚和干貝包好後，她想起要去附近店面買蔬菜，途中我不禁問：「為什麼找我？」

「什麼為什麼？」

「妳為什麼邀請『我』？」

「因為你喜歡火車，因為你今天被放鴿子，因為你打破沙鍋問到底，因為我想進一步認識你。有這麼難懂嗎？」她說。我不願追問。也許我不想聽她說，她對我的好感不比干貝或綠蔬多到哪裡去。

她找到菠菜，我發現店裡也賣小柿子，摸一摸，嗅一嗅，發現它們熟了。我說，這將是我今年頭一次吃到柿子。

「這樣的話，你非許願不可。」

「什麼意思？」

她裝出氣急敗壞的神色。「每年第一次吃到某種水果的時候，都應該許個願。你竟然連這都不懂。」

我思考幾秒。「我想不出能許什麼願。」

「不得了的人生喔。」她說，意思有兩種可能，一是我的人生太完美了，找不到能許願的事物，令人稱羨；二是我人生有悲無歡，到了無可救藥的地步，許願已成為再也不值得考慮的奢侈品。

「不許願不行。再用力想想看。」

「我可以把許願的機會讓給妳嗎？」

「我已經許過了。」

「什麼時候？」

「在計程車上。」

「什麼願望？」

「這麼快就忘了？但願你能來吃午餐。」

「妳是說，為了找我來吃午餐，妳居然浪費掉好好一個許願的機會！」

「的確是。你可別害我後悔喔。」

我不多說。前往酒品商行的途中，她握握我手臂。

我決定進附近一家花店。

「他見鮮花一定會喜歡。」

「我好幾年沒買花了。」

她敷衍點點頭。

「不只送他一個人。」我說。

「我知道。」她講得輕描淡寫，近乎佯裝置若罔聞。

＊＊＊

米蘭達父親家位於頂樓，俯瞰台伯河景。他聽見電梯升上來，已經站在門口守候。由於他只開了一邊的門，牽狗、捧蛋糕、提著魚和干貝和菠菜，再加上兩瓶葡萄酒、我的圓筒包、她的背包、一袋柿子、一束花，全想一口氣擠進門，顯得十分困難。父親想減輕她的負擔，但她只把愛犬交給他。狗認得他，馬上撲向他，用鼻子磨蹭磨蹭。

「他愛這條狗勝過愛我。」她說。

「哪有那回事。狗只是比較容易愛而已。」

「差別太微妙了，我不懂，爸。」她說。話才說完，她不只親他，不顧手上大包小包，立刻飛撲父親，擁抱他，左右頰各親一下。我推定，這就是她愛的方式：大風吹，肆無忌憚。

進門後，她放下東西，接下我的西裝外套，平整放在客廳沙發扶手上。她也幫我拿行李，放在沙發旁的地毯上，然後拍一拍沙發上一個大靠枕。靠枕上看似有個凹痕，想必是不久前有一顆人頭睡過。進廚房途中，她也順手扶正牆上兩幅稍微歪一邊的畫，接著打開兩道落地窗，外面是陽光烤得暖洋洋的屋頂天台。她抱怨說，客廳太悶了，糟蹋明媚的秋光。進廚房後，她剪掉花莖尾端，找到花瓶插進去。「我愛劍蘭。」她說。

「你就是她的客人囉？」父親以這話代替歡迎語。「幸會。」他以義大利文說，然後轉回英語。我和他握握手，在廚房外遲疑一陣，然後觀望她取出魚、干貝和菠菜。她在櫥子翻找出香料，立即用遙控器打開瓦斯爐。「我們準備喝點葡萄酒，不過，爸，你是想現在喝或邊吃魚邊喝，你自己決定。」

他沉思幾秒。「現在喝，吃魚也喝。」

「所以說，我們現在就開始喝了。」她語帶責備說。

父親假裝挨了一頓罵，不多說什麼，然後氣急敗壞說：「天下女兒心啊！我沒轍。」

父女的言語風格雷同。父親接著帶我走進一道走廊，兩旁掛著裱框的親屬相片，古今並存，各個衣裝太正式了，我認不出米蘭達是哪一個。父親現在穿著很鮮豔的粉紅條紋衫，圍著色彩繽紛的領巾式領帶，藍色牛仔褲熨得筆挺，看似才穿幾分鐘。他的白長髮往後梳，貌似年邁的電影明星。但他腳下是極老舊的拖鞋，也顯然來不及刮鬍子。女兒打電話通知他客人即將上門是明智之舉。客廳裝潢採極簡式丹麥時尚風，可惜幾十年前就不流行了，但風華尚存，有即將再領風騷的趨勢。古老的壁爐整修過，以搭配整體風格，但看似這間公寓生命史上的老舊遺跡，已經失去了作用。白牆光滑，展示著一小幅抽象畫，令我聯想起二十世紀俄裔法國畫家斯塔埃爾的筆法。

「我喜歡那一幅。」我終於開口，想找話說，眼前的一幅是冬日海灘寫照。

「那一幅是老婆很多年前送我的。我當時不太喜歡，現在才了解，它是我最好的一幅。」

依我判斷，這位老紳士始終走不出離婚的陰霾。

「你老婆的品味不錯。」我以過去式說，旋即後悔，深怕誤踩禁區。「這幾幅嘛，」我說，凝視著色調偏褐黃的三幅畫，主題是十九世紀初的羅馬生活，「看起來像皮涅里[3]，對吧？」

「的確是皮涅里。」父親語帶傲氣說。他可能把我的話解讀成輕視。

我的評語本來是「皮涅里模仿畫」，幸好及時改口。

「是我買來送老婆的，可惜她看不上，所以它們現在陪我過日子。之後，誰曉得呢。說不定她會接它們回去住。她在威尼斯開了一間藝廊，辦得有聲有色。」

「是你的功勞，爸。」

「是她的功勞，只有她一個。」

我已經知道離婚的事，盡量不動聲色，但他必定早已猜到米蘭達提過。「我和她還保持友好關係，」他補上這句話，以澄清現狀，「說不定也算是好朋友。」

---

3 譯注：皮涅里（Pinelli），十九世紀義大利插畫家。

「而且，他們兩個，」米蘭達邊說邊端白酒請我們喝，「有個女兒，不停被他們左拉右扯的。爸，我給你的酒比客人少一點。」她說著遞酒杯給父親。

「我了解，我了解。」父親回應，一手平貼女兒臉頰，以手勢訴說無限親情。毫無疑問。她的親和力強。

「你是怎麼認識她的？」他轉向我問。

「其實，我根本不認識她，」我說：「我們今天才在火車上遇見，基本上不到三個鐘頭前。」

父親似乎有點驚恐，掩飾的態度顯得彆扭。「所以說……」

「所以沒什麼好說的，爸。他很可憐，今天被兒子爽約了，我好同情他，所以想說，買條魚請他吃，配一點蔬菜，從你冰箱找幾棵軟趴趴的菊苣，一起煮，然後趕他提行李去旅館。他等不及想睡個午覺，洗手把我們忘得一乾二淨。」

三人全噗哧笑出來。「她就是這個性。我搞不懂自己怎麼會在地表生下這種難纏的胚子。」

「是你做過最棒的一件事，老頭。不過，他發現被放鴿子的時候，那表情好絕啊。」

「我表情有那麼慘嗎？」我問。
「她又誇大其詞了，老樣子。」父親說。
「我在佛羅倫斯一上車，他嘴巴就一直噘著。」
「妳在佛羅倫斯上車的時候，我哪有噘嘴？」我照她的說法說。
「有啦，嘴巴噘得老高。甚至在我們開始講話之前就有。我坐進來的時候，你根本連讓位給狗趴的意思都沒有。以為我沒注意到呀？」
三人再度全笑了。
「別理她。她老愛挖苦別人。這是她活絡感情的手法。」
她兩眼黏住我。她看著我，想判讀父親之言對我產生的效應，我喜歡這眼神。或者，也許，她不為什麼，只是看著我，這我也喜歡。
到底多久沒這樣了？
客廳另一面牆上掛著一系列的裱框照片，以古雕塑像為主角，每一禎的黑、灰、銀、白色調層次分明醒目。我回頭看她，和父女倆的目光相接。
「全是米蘭達的。是她拍的。」

「所以妳的本行是這個？」

「這是我的本行。」她語帶歉意，幾乎像在說：我的能力只配走這一行。我後悔剛才措辭太唐突。

「一律拍黑白照。從來不拍彩色，」父親接著說：「她常繞著地球跑——過陣子，她要去柬埔寨、越南，然後去寮國和她熱愛的泰國，不過她對自己的作品從來沒滿意過。」

我忍不住問：「有誰對自己的作品滿意過？」

被我這麼一救，米蘭達對我投以感激的微笑，意思意思。但她的表情也有可能是：想得美，**我不需要你伸援手**。

「我不曉得妳是攝影師。拍得好棒。」隨即，我看出她不領情，再追加一句：「精采動人。」

「我剛不是告訴你了？她對自己從來都不滿意。就算你敲破腦袋，她還是不肯接受讚美。有一家大公司高薪請她去上班——」

「——她不打算去，」她說：「爸，我不想跟你討論這事。」

「為什麼？」父親問。

「因為米蘭達愛佛羅倫斯。」她說。

「你知我知，她放棄高薪的理由無關佛羅倫斯，」父親使出幽默感，卻朝女兒擺出語重心長的神態，然後看著我。「理由是她父親。」他說。

「你太頑固了，爸，自認是全宇宙的中心，以為這宇宙如果少了你的祝福，天上所有星星全會熄滅，全化成灰。」她說。

「哼，這個老頑固想再來一點酒，不想就此化成灰——女兒，妳可要記得，我在遺囑裡規定過。」

「急什麼急。」她說著推開已開瓶的葡萄酒，不讓父親伸手可及。

「她無法明瞭的是——我猜是因為年紀太輕吧——到了某個地步，減肥和注重飲食——」

「——或飲酒——」

「——不但沒用處，還可能弊多於利。我認為，像我們這年齡的人，應該獲准照自己心意過完餘生。前腳都快踏進棺材了，生活樂趣還被剝奪，輕則沒道理，重則邪惡，你不覺得嗎？」

「我認為，人應該永遠照自己的心意過日子。」我說，不情願地被納入父親陣營。

「講這話的人，自稱最懂自己要的是什麼，對吧？」女兒沒忘記火車上的對話，以這句反諷語砲擊。

「我的心願我自己知道不知道，妳怎麼可能懂？」我回擊。

她不應。她只看著我，眼神不退縮。她才不陪我玩貓捉老鼠遊戲。「因為我也一樣。」她終於說。她看穿我的心了。她知道我心裡有數。她也許沒猜到的是，我愛我和她之間的打打鬧鬧，也愛她不肯放過我講的任何一句話。這令我覺得自己出奇重要，彷彿兩人從小彼此認識，熟稔感絕不消滅彼此的敬意。我非撫摸她不可，想振臂擁抱她。

「現代年輕人太精了，我們這貨色不是對手。」父親插手說。

「現代年輕人，你們兩個都一竅不通。」女兒快口回應。我還不到安養中心收容的年齡，怎麼又被歸納為父親的陣營？

「好吧，再給你一杯葡萄酒，爸。因為我愛你。也再給你一杯好了，S先生。」

「我快要去的那地方沒葡萄酒可喝，親愛的，紅白酒沒有，甚至連粉紅酒也沒得喝。坦白說，我想趁擔架推我走之前，能灌多少盡量灌。然後，我會挾帶一兩瓶，用被單遮住，最後去面對天主的時候，我會說：『看我從該死的地球帶什麼來請祢喝。』」

她不語，只回廚房端午餐進飯廳。但這時候，她另有打算，說天氣夠暖和，不如一起去天台上享用。我們端各人的酒杯，帶著刀叉，前進天台，她則切開用鑄鐵煎鍋炙烤過的地中海鱸魚，除去魚骨，另一盤盛著菠菜和過期菊苣。我們坐好後，她在蔬菜上滴橄欖油，潑撒剛磨好的帕馬森起司屑。

「你在哪裡高就，說來聽聽吧。」父親轉向我說。

我告訴他們，我剛寫完一本書，不久將返回在利古利亞區的家。我簡短說明自己在古典學領域的教授生涯，目前鑽研的是一四五三年君士坦丁堡淪陷的悲劇。我稍微介紹自己的人生，提到前妻目前定居米蘭，提到鋼琴手的兒子前途看好，然後告訴他們，我懷念睡醒時見到的海景。

君士坦丁堡淪陷記挑起父親的興趣。

「居民知不知道家園保不住了？」父親問。

「他們知道。」

「為什麼被攻陷前，只有少數人逃走？」

「問問德國猶太人就知道！」

三人講不出話來。

「你的意思是，要我問爸媽和祖父母，問我多數的親戚？我不久就能在天堂門口和他們重逢了。」

父親是對我的話澆冷水，或者又在有意無意影射走下坡的病情，我無從分辨。總之，我過不了這一關。

「知道末日將近是一回事，」我說，試圖以圓滑的航道繞過暗礁，「相不相信又是另外一回事。離鄉背井，到異邦重新起步，這舉動可能顯得英勇，卻是徹底輕率的作法，辦得到的人不多。家住五樓的人，如果覺得受箝制，進退兩難，房子失火了，沒有逃生口，跳窗也不是辦法，該怎麼辦才好呢？沒有對岸。有些人選擇自我了斷。多數人寧可視若無睹，靠著一絲希望過活。土耳其人攻占君士坦丁堡，洗劫一空，街頭血流成河，死的全是抱著一線希望的居民。不過，我感興趣的是擔心末日將近的居民，這些人很多逃亡到威尼斯。」

「假設年代是，嗯，一九三六年好了，假設你當時住在柏林，你會離開嗎？」米蘭達問。

「我不知道。不過，如果我不準備逃命，非得有人逼我走，或揚言丟下我不管，我才肯離開。這令我聯想到巴黎瑪黑區有個小提琴手，躲在公寓裡，知道警察遲早會半夜來敲門。

結果，有天夜裡，果然有警察來敲門了。他甚至說服警察讓他帶小提琴走，警察同意。可是後來，小提琴是被警察奪走的第一件東西。他遇害了，但不是死在毒氣室裡，而是在集中營裡被活活打死。」

「所以說，你今晚的朗讀會題目是君士坦丁堡？」她問，口吻幾乎有一縷無法置信的意味，語氣因而顯得失望。她以類似我剛才問她職業的問題回敬我，究竟是意在藐視我的工作，或者滿懷仰慕之情，意思是「這是你畢生的志業，多麼了不起啊！」，我不得而知。正因如此，我回答的口氣是柔順而語帶閃躲，「這就是我的職業。不過，有些日子，我能看清這一行的本質：文書工作，充其量是文書工作而已。我未必引以為榮。」

「所以說，你的人生不是天天漫遊伊奧利亞群島，然後在帕納利亞島之類的地方落腳，日出游游泳，白天寫寫文章，吃海鮮，晚上喝西西里島葡萄酒，有個年紀只有你一半的對象陪伴。」

講這話的居心何在？是在嘲弄我這年齡的每個男人都做的春夢嗎？

米蘭達放下叉子，點香菸。我看著她以果斷的動作，一下甩熄火柴，扔進菸灰缸。忽然間，她顯得多麼堅強而刀槍不入。她正在展現另一面。這一面的米蘭達懂得論他人斤兩，會妄下定論，然後封鎖他們，只在她意志薄弱時才准他們回來，卻又因為自己的行為而怨恨他們。男人宛如火柴：點燃了，被甩熄，被扔進她遇到的第一個菸灰缸。我看著她抽第一口菸。是的，任性，不屈不撓。她抽菸時面向其他地方，模樣顯得極為疏離無情，是一向為所欲為的那一型。不盡然是個不樂見別人受傷的乖乖女。

我喜歡看她吞雲吐霧。她容貌姣好，可望而不可即，我再次按捺伸手摟她的衝動，不敢唇觸芳頰、親吻她的頸子和耳後。想抱她的慾望令我既躍躍欲試又驚慌，因為我在她的世界沒有容身之處，她看得出來嗎？她邀請我上門，是為了父親好。

只不過，她為什麼抽菸？

我看著她手指夾菸，忍不住說：「法國詩人曾經說，有些人抽菸是為了吸收尼古丁，有些人則是為了吐出一團雲霧作為屏障。」但我繼而想到，她該不會誤以為我語帶針鋒，於是趕緊把箭頭指回自身。「為了鎮守人生碉堡，我們每個人都有構築屏障的手段。我用的是紙。」

「你認為我把人生關在碉堡裡？」她的問題坦白而倉促，並非找碴式的挖苦。

「我不知道。也許，日常生活中品嚐著貧乏的憂憂歡歡，才是把持人生方向最保險的方式。」

「所以說，世上可能沒有所謂的真實人生。只有笨拙、平凡、家常便飯——你的看法是這樣嗎？」

我不回答。

「我只希望人生不只有家常便飯而已。可惜我永遠找不到，也許是因為，找到了，我反而害怕。」

我依然不回應。

「我從來沒跟人談過這種事。」

「我也一樣。」我說。

「我們兩個為什麼都沒有，我納悶。」

火車上的女孩回來了。不屈不撓，意志力堅決，卻也全然徬徨。

我們相視莫可奈何微笑一下。隨後，她自覺話鋒變調，氣氛轉為奇怪而彆扭，於是：

「他也喜歡文書工作。」她拋出這句話，指向父親。

父親立刻意識到自己該講講話了。

父女合作無間。

「我的確喜歡文書工作。我以前是個好教授。後來，差不多八年前，我退休了。現在，我幫忙文人和年輕學者。他們把論文交給我，由我來編輯，這工作寂寞，做起來卻心曠神怡，很安詳。而且天天都學到很多知識。我常在編輯上耗掉大半天，有時候從天亮改到半夜。忙了一天，到了深夜，我看看電視，放空頭腦一下。」

「他的問題在於，他忘了收費。」

「對，不過他們都愛戴我，我也愈來愈喜愛他們每一個，老是電郵你來我往的。老實說，我不是為了錢才幫他們改論文。」

「廢話嘛！」女兒反駁。

「你正在改什麼論文？」我問他。

「談光陰的一篇論文，寫得非常抽象。論文開頭是故事一則，他說是寓言，主角是二次世界大戰的美國年輕飛官。他在兩人從小長大的小鎮和高中女友結婚，婚後在岳父母家才住差不多兩個星期就出海了。過了一年零一天，他的飛機在德國上空被擊落，年輕的妻子接到信，得知他據信已陣亡了。軍方找不到墜機的證據，屍骨也一直沒下落。不久後，妻子去大學辦註冊，最後認識一位長得像丈夫的大戰退伍軍人，兩人婚後育有五女。大約十年前她死了。死後幾年，軍方查出前夫墜機地點，終於尋獲兵籍牌和屍骨，透過DNA比對證實身分。比對用的DNA來自一名遠親，他甚至從來沒聽過陣亡飛官和妻子這兩人，但他照樣同意提供DNA比對。令人沉痛的是，遺骸運回故鄉下葬時，自己的雙親、妻子、岳父母、所有兄弟姊妹，已經沒有一個在人間了。記得他的親屬全死了，沒人記得他，更別說悼祭他。妻子在世時，對女兒絕口不提他，好像他從來沒存在過似的。唯獨有一天，妻子搬出一個舊箱子，裡面堆著值得留念的雜物，其中一件是飛官沒帶走的皮夾子。女兒問皮夾是誰的，她走進客廳，取下一幅孩子父親的相片，從相框裡抽出另一張舊照，前任丈夫的臉呈現在大家眼前。女兒們從來不知道母親以前結過婚。她自己再也不願提起飛官往事。

「對我來說，這證明人生和光陰並不是同步的兩回事。這就好像光陰全錯了，妻子的人生在錯誤的河岸虛度了，或者，更慘的是，她活在河的兩岸，虛度了兩邊的人生。你我沒有人想自稱活在兩條平行線上，不過，人人其實都過著許許多多人生，不是疊在表象底下，就是平行並存。有些人生等著見天日，因為它們還沒機會被落實，有些人生在出頭之前就已經凋零，有些人生還沒活過癮，等著重見天日活個夠。基本上，我們不明白如何看待光陰，因為光陰對光陰的認知不太符合我們對光陰的理解，因為光陰才懶得理世人對光陰的觀感，因為光陰只是一個搖搖晃晃、不牢靠的暗喻，只能用來比擬我們對人生的見解。因為到頭來，虧待我們的不是光陰，我們也沒有虧待光陰。錯的可能只是人生。」

「你為什麼這樣講？」她問。

「因為人生有『死』。因為，和所有人的說法背道而馳的是，『死』不是人生的一部分。死是上帝捅出的一個大婁子，以夕陽旭日的霞光代表他慚愧的臉色，日復一日請求世人寬恕。我對這方面的事略懂一二。」

他沉默下來。「我愛這篇論文。」他久久才說。

「爸，幾個月來，你一直談這論文。作者再過多久才會寫完？」

「唉，我認為這年輕人寫不下去了，原因之一是他不知道怎麼收尾。所以他才不斷舉新例子。有個例子是一對夫婦一九四二年去瑞士登山，雙雙掉進高山冰河裂縫被凍死，七十五年後，遺體才找到，另外有鞋子、一本書、一個懷錶、一個背包和一個水壺。他們有七個小孩，在世的只剩兩個。雙親失蹤的慘事為子女的生活蒙上心神不寧的黑影。每年，在父母失蹤那天，子女們攀登同一條冰河，祈禱追思他們。他們失蹤那年，最小的女兒才四歲大。

DNA比對驗明遺體的身分，堪稱是為整件事作個了結。」

「我討厭『了結』這種說法。」米蘭達說。

「也許是因為妳的毛病是到處開門。」父親語帶慍氣說著，斜眼瞄她，神態諷刺，意思是：**妳懂我指的是什麼**。

她不予回應。

父女啞然，氣氛變得不自在。

我假裝渾然不知。

「論文裡有另一個故事，」父親繼續說：「主角是一位義大利軍人，新婚十二天，就被送到俄國前線，結果不見人影，被列為失蹤兵。他其實在俄國活得好好的，救星是一個俄國女人，她還幫他生一個孩子。多年後，他回到義大利，對祖國感到陌生，日子過得醉生夢死，和他在俄國的生活沒兩樣，最後他回到家不像家的俄羅斯。就這樣，兩個人生，兩條路，兩個時區，沒有一個對。

「他也寫了一個中年人的故事。四十歲男子是戰爭時期的遺腹子，有天終於下定決心去看父親的墳墓。他站著看墓碑上的生辰和忌日，訝然無言，因為他發現父親死時還不滿二十歲，還不到兒子目前年齡的一半，因此兒子現在年齡大到足以當父親的爸爸。他心裡難過，但說也奇怪，他不清楚難過的究竟是父親無緣見他一面，或他本人無緣認識父親，或眼前墳墓裡躺的人與其說是亡父，倒不如說是死去的兒子。」

沒人試圖詮釋這故事的寓意。

父親說：「我覺得這些故事非常動人，但我一直想不出道理何在，只知道，故事透露的暗示是，儘管人生和光陰表面上是同一回事，兩者其實並未對齊，各有各的進程表，截然不同。米蘭達說得對。世上如果真有了結，針對的若不是來生，就是給後人看的。到頭來，闔上我人生記事簿的是活人，不是我自己。我們把自己的幽魂傳下去，將自己的知識、體驗、領悟託付給後人。我們死後能交給親朋好友的，僅有童年舊照，相片中的我們尚未成為他們長大後才認識的長輩。我希望後人能延展我的人生，不只是緬懷而已。」

父親見我們兩人默然無語，忽然揚聲說：「快端蛋糕上桌。我現在想拿蛋糕隔開我的未來。也許上蒼也懂得品味蛋糕吧，你們不認為嗎？」

「我這次買的蛋糕比較小，因為我知道，買大蛋糕的話，我星期天走之前，一定會被你吃光光。」

「你看得出來吧，她要我活久一點。為什麼呢，我搞不懂。」

「不是為了你的話，就算是為我自己吧，老流氓。何況，你別裝傻：我們牽狗散步時，我見過你盯著女人猛看。」

「沒錯，見到美腿一雙的時候，我照樣轉頭看。不過，告訴妳實話好了，有什麼好看的，我不記得了。」

大家都笑起來。

「我相信看護來看你的時候，你會記得的。」

「我可能不想記得自己缺什麼東西。」

「聽說有一種藥能提醒你。」

我看著父女假鬥嘴。她離開餐桌，進廚房去拿乾淨的刀叉。

「以我的健康情形，妳認為我喝得起小小一杯咖啡嗎？」他問，音量大到她聽得見。

「也請客人喝一杯吧？」

「我只有兩隻手，爸，兩隻手。」她假裝嘟噥著，片刻之後端蛋糕和三個小盤子過來，先疊放在凳子上，調頭回廚房。我們聽見咖啡機被她弄得鏗鏘響，接著她把今晨的咖啡渣敲進水槽。

「不准倒進水槽。」他咆哮。

「誰叫你不早講。」她回應。

我和他相視微笑。我忍不住說：「她很愛你，對不對？」

「對，是的。不過，她不該愛。這算我走運。話雖這麼說，我覺得，以她這年齡，這情況對她不好。」

「為什麼？」

「為什麼？因為我認為，我走後，她會難以接受。而且，稍微有頭腦的人都看得出來，我活著礙事。」

我無言以對。

我們聽見她把用過的餐盤放進水槽。

「你們兩個剛在講什麼悄悄話？」她說著端咖啡回天台。

「沒什麼。」父親說。

「少騙人。」

「我們在談妳。」我說。

「我就知道。他想抱孫子，對吧？」她問。

「我想要妳快快樂樂就好。至少，比現在快樂一點——身邊有個妳愛的人。」父親對她說：「另外，對啦，我想抱孫子。都怪該死的時鐘攪局。又是人生和光陰不協調的一個例證。別說妳不懂。」

她微笑，意思是，她懂。

「我正在敲鬼門關，妳知道。」

「有人開門嗎？」她問。

「還沒有。不過，我聽見老管家拖長音嚷嚷：『我來了！』我再敲一次，他發牢騷說：『不是說我來了嗎？』在鬼門關為我打開之前，妳能不能至少找個心愛的人？」

「我一直告訴他，沒有就是沒有，他硬是不信。」她轉頭對我說，彷彿我是父女討論會的仲裁。

「怎麼可能沒對象？」他回應，也面對著我。「一直都有對象啊。每次我打電話給她，她都有。」

「可是，每一次都沒有。我父親不會懂的，」她說著，意識到我較可能和她同一國。「那些男人能給我的，我樣樣不缺。而他們要的東西，他們一項也不配擁有，或者是我本身可能沒得給。可悲的就在這一點。」

「奇怪。」我說。

「為什麼奇怪？」

她坐我旁邊，離父親較遠。

「因為我和妳正好相反。在我這階段，別人想從我身上得到的東西寥寥無幾，至於**我想**要什麼，我甚至講不出所以然來。不過，這些狀況妳早知道了。」

一時之間，她只是看著我。「也許我知道，也許不知道。」意思是：**你玩你的遊戲，我不奉陪**。她其實知道，在我明白自己的行動之前，她早已摸清我的心意。

「也許妳知道，也許不知道，」父親學舌說：「妳很會找矛盾論。妳有一袋子的素簡人生觀，從裡面隨便掏一個出來，就以為找到解答。不過，似非而是論永遠不算是解答，只是支離破碎的事實，空有虛無縹緲的意義，站不住腳。不過我相信，客人今天上門來，為的不是聽我們兩個吵嘴。父女之爭，請見諒。」

我們看著她倒置咖啡壺，以抹布遮住壺嘴，以免咖啡激射而出。父女喝咖啡都不加糖，但她突然想到我可能想加，不問就衝進廚房，端著糖碗過來。

我平常不加糖，但受到她的好意感動，還是幫自己加一茶匙。接著我納悶，剛才喊一聲「不必了」就好，為何多此一舉？

三人靜靜喝著咖啡。喝完後，我站起來：「我該回飯店去溫習講稿了，為今晚的朗讀會做準備。」

她無法克制自己。「你真的有必要溫習講稿嗎？同樣的東西，你不是已經朗讀過好多次了？」

「我老是怕自己講著講著，忘了講到哪裡。」

「我無法想像你會忘記講到哪裡，薩米。」

「妳要是知道我心裡想什麼就好了。」

「哎唷，快告訴我們嘛，」她起鬨說，不無一絲促狹的意味，令我錯愕。「我考慮今天去參加你的朗讀會——如果有你邀請的話。」

「我當然邀請妳，妳父親也一起來。」

「他？」她說：「他很少出門。」

「我有時候會出門啊，」父親反駁。「妳又不住這裡，怎麼知道我平常出不出門？」

她不回答，急著回廚房，端來一盤切成四瓣的柿子。另外兩顆柿子仍未熟透，她說。隨後，她又離開天台，端一碗帶殼的胡桃回來。也許她想用這招來挽留我。父親伸手拿走一顆胡桃。她也拿一顆，然後從胡桃底下挖出胡桃鉗。他不用胡桃鉗，徒手就能掐破胡桃殼。她說：「我討厭你那樣剝。」「哪樣——這樣？」說著他再掐破一顆，剝殼，把果仁遞給我。我一頭霧水。我問：「怎麼剝的？」「很簡單，」他回答。「用不著整隻手，只要動食指就行。食指放在兩半球之間的接縫，像這樣，另一手穩穩敲一下。開了！」他說，這次把果仁交給女兒。「你試試看。」他說著給我一顆帶殼胡桃。果然，照他的方式，撬開胡桃殼。

「活到老學到老。」他微笑說：「我該回去照顧飛官故事了。」他接著說，站起來，把椅子收攏，離開天台。

「洗手間。」她解釋。她一躍而起，直接進廚房。我離開座位，跟隨她，不太確定自己在廚房會不會礙手礙腳，所以在入口兀立，看著她沖洗盤子，一個接一個沖，然後疊在水槽旁邊，動作太倉促，接著要求我幫她把盤子放進洗碗機。她在鑄鐵煎鍋加滿熱滾滾的自來水，以粗鹽刷洗，蠻勁十足，彷彿牛脾氣爆發。一片燒焦的魚皮黏在煎鍋壁，以鋼絲絨也刷不掉。她生氣了嗎？然而，洗到水晶酒杯時，她動作溫和了些，手法細膩，彷彿水晶杯的歷史和圓潤的形狀帶給她喜悅，令她寬心，需要秉持戒慎虔誠的心來清洗。看樣子，她不是在生氣。沖洗幾分鐘，她洗完了，我注意到她手掌和手指變得紅豔豔，近乎發紫。她的手長得漂亮。冰箱門把上掛著一條小抹布，她拿小抹布擦乾手，邊動作邊看我。和剛才防止咖啡機噴濺的抹布是同一條。她不發一語。接著，她從水槽邊的容器壓一點護手乳液出來滋潤雙手。

「妳的手很好看。」

她不回應。她拖了半拍，只說「我的手很好看」應和我的話，不知是嘲弄我，或是想質疑我讚美的動機何在。

「妳不塗指甲油。」我接著說。

「我知道。」

我又糊塗了，不知她是為了不塗指甲油而道歉，或是想叫我別管閒事。我的原意是暗示她和同年齡的女人不同。很多女人喜歡把指甲塗得五顏六色。但她大概知道我的意思，不需要提醒。蹩腳，都怪我講沒營養的話。

忙完廚房裡的事，她回飯廳，然後去客廳拿我和她的外套。我跟著她走，這時她問我今晚的朗讀會題目是什麼。「佛提烏斯，」我說：「他是拜占庭的老主教。他把他讀過的書編成書單，稱為Myriobiblion，意思是『一萬本書』，彌足珍貴。假如沒有這份書單，後世不可能知道這些書的存在——因為其中有數不清的書都失傳了。」

她會不會聽得發悶？也許她根本沒聽進去，因為她正忙著翻看茶几上的幾份新郵件。

「所以說，面對人生，你的屏障就是——一萬本書？」

我喜歡她講冷笑話的本事，特別是以她這種個性，儘管在火車上一幅看破塵世的風霜樣，到頭來可能比較喜歡照相機、重機車、皮夾克、風帆衝浪，以及年輕精瘦的一夜至少三次郎。「面對人生，我用好多東西當屏障，告訴妳，妳也不會相信，」我接著說：「話說回來，這一切大概超出妳能理解的範圍。」

「不會。我懂其中一些。」

「是嗎？哪一些？」

「例如——你真的想知道？」她問。

「我當然想知道。」

「例如，我不覺得你是個日子過得十分美滿的人。話說回來，你跟我有點像：有些人心碎並不是因為受傷，而是因為從來沒遇到一個份量夠重的對象來傷害他們。」隨即，她或許自認講得太過分了。「算是我超滿的那袋子人生觀裡的又一個矛盾論吧。心痛這種病可能毫無症狀，染上心痛症的人可能渾然不覺。這讓我聯想到胚胎吃掉自己孿生手足的事。被吃掉的一個可能絲毫不留痕跡，但出生的一個，在成長過程中，一輩子會感受到手足缺席的陰影——少了一份愛。除了我父親，除了你口中的兒子，我和你的生命中可能鮮少遇到真愛或親密關係。話說回來，我又懂什麼呢。」

她遲疑一眨眼的工夫，隨即或許唯恐我反駁，也許怕我太認真看待她的說法，她接著說：「不過，我察覺到，你不快樂的一面可能不喜歡被別人一語道破。」我盡量禮貌點點頭，也表示**我洗耳恭聽**，**不爭論**。她接著說：「不過，幸好——」隨即再次及時打住。

「幸好怎樣？」我問。

「幸好的是，我不認為你已經斷念或放棄尋覓了。追求幸福，我的意思是。我欣賞你這一點。」

我不回應——也許是以緘默代答。

「對，」她遞給我外套時脫口而出。我穿上外套。接著，她忽然改變話題：「你的領子。」她說，指向我的西裝外套。

我不懂她的意思。「來，我幫你。」她說著站向我面前，為我翻直領子。她的雙手在我的翻領上，我未經思考，不覺然握住她的手，按在我胸前。

這完全不在我規劃中，我只是隨興所至，伸手以掌心碰她額頭。我很少如此衝動。為了展現我無意跨越分際線，我開始扣上西裝。

「你不必急著走。」她忽然說。

「不過我該走了。我的講稿、我的小演講、作古的老主教、用來抵擋現實生活的微薄小屏障，它們全在等我，妳不是不知道。」

「今天很特殊。對我來說。」

「今天？」我問，但我不太能說服自己相信她的本意。我想退縮，卻又再伸手撫摸她額頭一次。然後吻她額頭。這次，我直盯她，她不岔開視線。隨後，我再度做出自己始料未及的舉動，而這舉動似乎來自不知多少年前——我伸出一指，讓指尖碰觸她下巴，動作輕柔，像成年人以拇指和食指捏捏小孩的下巴，以防小孩哭出來。在此同時，我一直意識到——她也意識到了——如果她不動，撫下巴的動作也許是我下個動作的前奏。我接下來想讓手指順著下唇遊走，來來回回，來來回回。她不閃躲，繼續盯著我看。我也無法判斷摸額頭的舉動是否冒犯到她，不知她如果真的感冒，是否仍在思索如何拆招。她照樣凝視我，大膽，不屈不撓。我最後只好道歉。

「沒關係。」她說，似乎想要嘻嘻笑，然後強忍下來。我勸自己相信，她把這整件事當作沒發生，表現出成年人的氣度。最後，她只陡然一轉身，不多說什麼，以直爽的動作從沙發拿起皮夾克，動作粗魯而果決，我認定是我惹她不高興。

「我想跟你一起去演講廳。」

我不解。做出剛才的舉動後，我以為她想和我一刀兩斷了。

「現在？」

「當然是現在。」隨後，也許是想緩和剛才陡然轉身的動作，她接著說：「因為如果我不盯緊你，不當你的跟屁蟲，我知道我永遠不會再見到你。」

「妳信不過我。」

「我不確定。」她轉向目前坐在客廳的父親：「爸，我想去聽他演講。」

他顯得驚訝，女兒急著走，大概也令他失望。「可是，妳才剛進門啊。妳不打算讀書給我聽嗎？」

「明天讀。保證。」

她習慣讀法國十八九世紀作家夏多布里昂的《墓中回憶錄》給父親聽。十三、四歲時，父親曾讀夏多布里昂給她聽，現在老少易位，換她回報父親，她說。

「你父親不太高興。」我們臨走前我說。她關上落地窗。室內頓時陰暗，從天而降的黝黑徒增一許陰沉的氛圍，呼應著秋季將盡與父親的心情。

「他不高興。不過這也沒差別。他騙說他想工作，其實最近他午覺睡好久好久。在他午睡時，我通常出去買菜，添一些他喜歡的東西擺冰箱。我明天再去買。其他東西都交給看護。今天下午他的看護會來，也會遛狗、煮菜、陪他看電視、幫他蓋被子。」

＊＊＊

我們下樓，離開公寓大樓，面對台伯河，她忽然止步不動，深深吸了一口十月底的新鮮空氣，令我詫異。

「怎麼了？」我問，顯然指的是那股從她肺臟釋出的哀愁。

「每次我離開時都會發生的現象。排山倒海而來的鬆懈感。好像我在裡面快被髒空氣悶死似的。不久後的將來，我知道，我會想念探望父親的時光。我只希望，到時候我不會感到歉疚，不會忘記自己為什麼急著走，把門帶上。」

「有時候我懷疑，我兒子離開時該不會也有同樣感受。」

她不語。她只是繼續走。

「我非喝一杯咖啡不可。」

「妳剛不是才喝了嗎？」我問。

「剛才喝的是無因咖啡，」她說：「我幫他買的全是無因，讓他誤以為是一般咖啡。」

「他上當了嗎？」

「夠迷糊了。除非他背著我，自己去外面買真咖啡。不過我認為他不會。我說過，我每週末來看他。有時候，我放假一天，我會趕上火車，來這裡過一晚，快到中午時才趕回去。」

「妳喜歡回家嗎？」
「以前喜歡。」
接著，我不知不覺問了一件從來不敢問的事。
「愛不愛他？」
「最近很難說。」
「再怎麼說，妳是個孝順的女兒。我親眼看得出來。」
她不回應。一副有所省悟的微笑似乎在說：你懂個大頭鬼——盤旋在她的五官上空。
「我認為，以前的愛已經消耗得差不多了，現在只剩安慰愛，很容易被誤認是真愛。老化、病症、也許早期的失智症，就會造成這種效果。照顧他，關心他，不在他身邊時連環叩他，確定他衣食無缺——這些老早就耗盡我內心能給的一切。換成你，你不會把這種東西稱為愛。沒有人會。他也不會。」
這時候，她和先前一樣，講到一半及時打住：「本姑娘非喝咖啡不行！」剎那間，她加快步伐。「這附近有一家，很不錯。」
前往她很熟的咖啡廳途中，我問她是否介意在橋的對面停幾分鐘。「我想帶妳去一個地方。」

她不問為什麼，不問地點，只跟著我走。「你確定時間夠嗎？你想進房間放行李，想洗洗手，想溫習講稿，誰曉得你還想怎樣。」她說。我聽得出她有竊笑的含義。

「我有時間。也許我先前是在誇大其詞。」

「那還用說嘛！我就知道你有撒小謊的毛病。」

我們笑了。然後，她很突兀地說：「告訴你好了，他病得非常嚴重。最糟糕的是，他自己知道，只是不想表明說出來，到底是因為他怕到不敢提，或只是不想嚇我，我一直搞不清楚。我和他都以為，迴避這話題能保護對方，不過我認為，我們還沒找到談論病情的方式，寧願拖延時間也不想正視，直到拖得太晚。所以，我和他相處時氣氛盡量輕鬆，有說有笑的。『妳帶蛋糕來了嗎？』『我帶蛋糕來了。』『再給我一點葡萄酒吧？』『好，不過，只能再給你一點點，爸。』再過一小段光景，他就沒有力氣呼吸了，所以假如癌細胞沒有先下手為強，肺炎會奪走他性命。更別提他開始用的嗎啡，最後會導致我們沒必要談的一堆問題。如果我兄弟姊妹不肯搬進去照顧他，我可能會身不由己。我們全說大家輪流去，不過到時候，各人會找什麼藉口推托，情況只有天知道。」

路上，我們稍微繞個路，進我的旅館。我說我去櫃檯寄放行李就好。正在看電視的櫃檯人員說，他會請小弟提行李進我房間。米蘭達不進大廳，而是進飯店附設的小教堂參觀一下。我出來時，見到她以鞋尖撥弄著地上鬆動的一顆圓石，似乎玩出興趣了。

「給我兩分鐘，妳就知道我想帶妳看的東西。」我說，感覺到她的緊張不安。我想針對她父親再說一句話，或至少以安慰語結束這話題，可惜我想到的文字盡是陳腔濫調，慶幸她不再提父親的事。

「最好是不虛此行。」她說。

「對我而言是。」

不到幾分鐘，我們來到街角一棟樓房。我停在前面，默默站著。

「你別說，我知道——默禱會！」

她沒忘記。

「在哪裡？」她問。

「樓上。三樓，有幾個大窗戶。」

「歡樂往事？」

「不特別是。我只是在這裡住過。」

「然後呢？」

「每次來羅馬，如果住的是同一間旅館，原因正是走幾步就能走到這棟樓房，」我邊說邊指向樓上，窗戶顯然數十年沒有清理或換新。「我愛在這裡閒晃。感覺像是我還住在樓上，還在讀古希臘，還在改學生報告。我在這裡學會烹飪。我甚至在這裡學會縫鈕釦。學會自製優格，自製麵包。學習《易經》。樓下法國房東老太太不想養貓了，貓也和我投緣，所以送我養，成了我第一隻寵物。我羨慕當年住這裡的那個年輕人，只不過他住這裡不是很快樂。等天黑後，我喜歡回來這裡，遠遠望我的公寓。如果以前的房間窗戶裡有人開燈，我的心房會情緒洋溢。」

「為什麼？」

「因為我內心深處大概從來沒放棄時光倒流的願望。或是因為，我一直不太能接受我已經往前走了的事實——如果我確實是一去不回頭的話。也許我真正要的是找回從前的我——和我失聯的人、我搬走後不聞不問的那個人——和他再續前緣。我也許不想恢復從前的我，不過我倒是想再和他相逢，一分鐘就好，看看這個還沒遇見老婆、還沒離婚的人是誰，而他當父親的日子還遠在天邊。樓上的青年對這些事情一無所知，我想通報他，讓他知道我還活著，我沒變，我正站在外面——」

「——有我在身旁，」她插嘴說：「也許我們可以上樓去說聲哈囉。我好想認識他。」

她究竟是講更高段的笑話，或是一反常態正經八百起來，我無法分辨。

「我相信他巴不得開門，看見妳站在歇腳處等他。」我說。

「你肯讓我進門嗎？」她問。

「不答，妳也知道！」

她等我再接一句，也許盼我闡明語意，但我不講話。

「我就知道。」

「妳呢？願意進門嗎？」我最後問。

她思考一會兒。

「不要。」她回答。

「為什麼不要？」

「我比較喜歡年紀大一點的你。」

一陣沉默籠罩在兩人之間。

「要我換個更中聽的回答嗎？」她問，戳我手臂一下，意思極為可能是，即使在笑鬧中，我倆之間存在著認真、互信的情誼。

「我年紀比妳老一大截，米蘭達。」我說。

幾乎在我話還沒講完，她就搶著說：「年紀不過是個數字。瞭不瞭？」

「瞭。」我微笑。我從沒講過這種話。

「那你有沒有進過公寓或上樓去？」她想改變話題。

不出所料，我暗忖。

「從來沒有。」

「為什麼不進去？」

「不知道。」

「瑪谷妲小姐傷你那麼深啊？」

「應該不是。這棟房子跟她的關聯很少。不過，有她以外的幾個女孩子來過。」

「你喜歡她們嗎？」

「還好。我印象最深的一天是，我得了流行性感冒，取消大班小班所有課堂。我住這裡時，比那天更快樂的日子沒幾個。那天我發燒，家裡沒東西可吃。我的一個女學生聽說我病了，帶三顆柳橙來送我，逗留一陣子，最後跟我親熱，然後才走。過了一會兒，又有個女生送雞湯來，第三個也上門，調製了三份熱檸檬水，加了好多白蘭地，大概沒人發燒還能樂成我那樣。那兩個當中的一個後來和我同居一段日子。」

「結果，現在，陪你站這裡的人是我。你想過這一點嗎？」

她的嗓子有一絲異常緊繃的音色，我看不出原因何在。我以為我在對她傾訴過往，是火車邂逅至今一直在做的事。隨後，我輕聲嘿嘿笑一下，自知聽起來略為牽強。

「有什麼好笑？」

「不好笑，只不過是，我住這裡時，妳還沒出生。」

我沒問，她也沒問為何提這事。

她從包包取出一個小相機。「我想請這些人幫我們拍張相片，好讓你知道我的存在，讓你不至於把我矮化成那個三橙女孩，事過就化為雲煙，你搔破腦袋瓜也想不起她的姓名和中間名。」

是女性虛榮心在發威嗎？她不是這種人。

兩位美國觀光客走出一家店，被她攔下。她把相機遞給金髮女孩，請她為我們在公寓大樓前拍照。「這樣不行，」米蘭達說：「要一手摟我。另一手給我。喂，又不是要你的命。」她請女孩再拍一張，保險起見。

女孩再按幾次快門，米蘭達謝謝她，收回相機。「我會盡快發相片給你，以免你忘記米蘭達。能保證嗎？」

我保證。

「米蘭達有那麼在意嗎？」

「你還是不懂，對吧？你多久沒有和我這年齡的女孩來往了？對方不盡然醜，拚命想透露一件現在應該已經相當明顯的事。」

她正想提這類話題，我不是沒懷疑過。既然如此，為何我聽了陡然心驚，還希望是自己誤判她的意思？

擺明講吧，米蘭達，或者再說一遍。

講得還不夠白嗎？

那就再講一遍。

我和她的言語夠朦朧了，雙方都不明白彼此的含義，也不知道自己想說什麼，但兩人卻能瞬間不明不白意識到，我們已能抓住對方的弦外之音，原因正是話有半句含在嘴裡。

就在這當兒，我想到一個棒透了的點子。我掏手機，問她近兩、三個小時有沒有空。

「我有空，」她回答：「可是，你不是有很多事要忙嗎？不是要溫習講稿、把衣服掛好、更急著洗你那雙非洗不可的手？」

我沒時間解釋，立即撥電話給友人。他是羅馬一位知名考古學家。他一接聽，我就說：「我想請你幫個忙，今天就要。」

「我很好，謝謝你關心，」對方以慣用的幽默回應。「幫你什麼忙？」

「請你特准兩人參觀阿爾巴尼別莊。」

對方遲疑片刻。「是美女嗎？」他問。

「絕對是。」

「我沒進過阿爾巴尼一步，」她說：「從來沒有人獲准進去過。」

「到時候就知道。」我等著友人回電：「阿爾巴尼樞機主教在十八世紀建造別莊，蒐集了大批羅馬雕像，由溫克爾曼[4]看管，我想帶妳進去參觀。」

「為什麼？」

「這個嘛，妳煮魚、端胡桃請我吃，而妳愛雕像，所以我想帶妳參觀今生見過最美的淺浮雕——哈德良皇帝[5]的男寵安提諾烏斯。然後，我帶妳去參觀我最愛的阿波羅屠蜥蜴雕像，雕刻家普拉克西特列斯[6]可能是史上最偉大的一個。」

「那我的咖啡怎麼辦？」

「想喝，時間多得是。」

我的手機響了。能趕在一小時之內到別莊嗎？參觀不能超過一小時，因為管理員想提早下班。「今天是星期五。」友人解釋。

有一輛計程車停在橋頭等乘客，我們坐進去，幾秒後直奔別莊。在車上，她轉向我。

「你為什麼想帶我去參觀？」

4 譯注：溫克爾曼（Wincklemann），十八世紀德國考古學家。
5 譯注：哈德良（Hadrian），西元二世紀羅馬皇帝。
6 譯注：普拉克西特列斯（Praxiteles），西元前三世紀希臘雕刻家。

「想以這方式告訴妳，我今天慶幸聽了妳的話。」

「儘管你嘟噥了幾句？」

「儘管我嘟噥了幾句。」

她歇口，望車窗外一會兒，然後轉頭回來。

「你出乎我意料之外。」

「怎麼說？」

「我以為你不是那種衝動行事的人。」

「為什麼？」

「因為你的言行有一種深思熟慮、安定人心、脾氣四平八穩的味道。」

「妳想說的是我個性很悶。」

「一點也不悶。別人都信任你，想對你敞開心胸，也許是因為他們和你在一起時喜歡自己——像搭計程車的現在。」

我伸手去握握她的手，然後放開。

二十分鐘不到，計程車停在別莊前。管理員得知有人要來，正在院子的小門外等候，雙臂交叉胸前，神色幾近跋扈，敵意沖沖。他總算認出是我，態度由猜忌轉為戒慎不失敬意。

我們進入別莊，上樓，穿越連續幾個房間，來到阿波羅雕像面前。「這尊雕像名叫『屠蜥者』。我們待會兒去逛陳列室，還有時間的話，可以去參觀伊特魯里亞民族[7]的陶土畫。」

她注視著雕像，說她確定看過複製品，但沒看過這一尊。

我們匆忙參觀其他雕像，最後來到安提諾烏斯雕像。她震驚到無以復加。「好漂亮。」

「我不是告訴過妳嗎？」

「我現在講不出話了。」她改以義大利文說。

我倆都有同感。她一手摟我，凝視片刻，然後摩娑我的背。接著，我們走開。

一小陣子後，我轉向她，指著一小尊駝背者半身像，悄悄對她說，這裡一律嚴禁拍照，我去設法支開警衛，好讓她拿小相機偷拍幾張。我記得，警衛曾向我透露母親病情，於是我拉他到一旁，關心他母親手術結果。我問得輕聲細語，暗示這是敏感的私事，不想讓米蘭達聽見。他感激我不聲張，以義大利文解釋說，**很遺憾，她過世了**。我向他致哀，為了再強

---

7 譯注：伊特魯里亞民族（Etruscan），西元前二至九世紀義大利中部古文明。

留他一會兒，確定他背對著米蘭達，再向他說明我母親也去世了。「我們都只有一個。」他說。我和他點點頭，相知相惜。

回到「屠蜥者」雕像，再看最後一眼，我解釋說，同一座雕像也陳列在羅浮宮和梵蒂岡博物館，但這一座和克里夫蘭的那座是僅有的銅雕。「可是這一座不是照真人比例，」警衛說：「聽說克里夫蘭的那一座比較美。」

「的確是。」我說。

隨後，他鼓勵我們穿越義大利庭園，前往另一座雕像林立的陳列室。在庭園裡，走到一半，我們轉身，望向這座新古典風格大宮殿的正面和豪華拱門。在當年，這座宮殿曾被公認是最華麗的一棟。

「我們大概來不及參觀伊特魯里亞民族的陶土畫了，」警衛說：「不過為了彌補，也許這位小姐想對這幾尊雕像拍幾張照片，因為我知道，」他露出調皮、臭屁的微笑，「她喜歡拍照。」三人笑成一團。他帶我們穿越庭園，來到後院出口，指向他自稱是全羅馬最高齡的七棵松樹。他按鈕打開電動門之際，人行道上一位老先生駐足凝視我們，忍不住對警衛說：「我們家族在羅馬住了這麼久，祖孫七代沒有一個人獲准進去這別莊。」警衛再度擺出跋扈的嘴臉，告訴老先生，此地禁止任何人進入。我們離開後，院子門關上。

在招呼計程車之前，她要我站在門口，想再拍一張相片。

「為什麼？」我問。

「不為什麼。」

接著，她見我擺臭臉，「你能不皺眉嗎？」她說，卻又不滿意我的笑容：「不准擺那種好萊塢式的偽笑——拜託！」

她再拍幾張。但她不滿意。「你剛為什麼皺眉？」

我說我不清楚自己為什麼皺眉。但我的確知道。

「今天早上，指控**我**悶悶不樂的人卻是你！」

我們笑了。

她似乎不指望我回應。我也不強迫她解釋。然而，在她忙著按快門之際，一份認知隱隱約約映入我腦海，令我於心難安：有朝一日，此情此景也將成默禱的對象，名喚：**能不皺眉嗎！**每次她如此肘推我，總有一股和煦、輕妙、親暱的感覺油然而生。她給我的印象是一個轟然闖進他人生活的不速之客，如同她進父親客廳的舉動，馬上拿起靠枕拍一拍，打開窗戶，擺直兩幅長年盤踞壁爐架、你早已視而不見的舊畫，伸出靈巧的一腳抹平古老地毯上的皺紋。在她找出閒置已久的花瓶，插進鮮花之後，卻提醒你，假如你仍極力漠視她的存在，你不會敢奢求她再多待一星期或一天，連一小時也甭想。我心想，居然能如此接近如此真誠的人啊。如此貼近。

太遲了嗎？

我太遲了嗎？

「不要再胡思亂想了。」她說。

我伸手去握她的手。

* * *

她鍾情的這家店名叫特里露莎咖啡廳，裝潢時髦，桌位擁擠，我們找到一張長短腳的小方桌，面對面坐下。她背後立著一台火力全開的戶外暖爐。她說她喜歡暖氣呼呼吹，也說天氣真怪，幾小時前還暖和到能在父親的天台上吃午餐。現在，她想來一杯溫熱的飲料。服務生來了，她點兩杯雙份美式咖啡。

什麼是美式咖啡？我正想問，卻臨時決定不要。少頃之後，我才領悟剛才不問的原因。

「義式濃縮咖啡加熱水，就成了美式咖啡。雙份義式濃縮加熱水，就成了雙份美式咖啡。」

她的視線向下移，看著桌面，憋住笑意。

「我不懂什麼是美式咖啡，妳是怎麼知道的？」

「知道就知道。」

「知道就知道。」我照她的回答說。

我喜歡互動。我認為她也喜歡。

「是因為妳父親不會知道，所以妳也以為我不會知道嗎？」

「錯！」她說，立刻猜到我發問的原因。「完全不是，這位先生。我早就告訴你了。」

「說啊，為什麼？」

忽然間，逗笑的神態從她臉上消失。

「我了解你，薩米，原因就在這一點。我現在看著你，感覺像認識你不知多少年了。既然我們轉到這話題了，而且只有我在獨白，我順便再提一點。」

她想提哪件事？

「我不想停止認識你。這是總而言之的一句話。」

我再次望著她，仍無所適從，不知她用意何在。*只求妳別逼我奢望，米蘭達，不要。*我甚至不想對她提起這話題，因為一講明了，就相當於懷抱著希望。

服務生端來兩杯咖啡。

「喝美式咖啡的人，」她恢復先前的俏皮語調，「是想喝義式濃縮卻喜歡美國咖啡的人。只想來一杯能喝很久的義式濃縮，也能點美式咖啡——」

「再提妳剛講的事。」我打斷她。

「我剛提的哪件事？」她在尋我開心。「我認識你不知多少年了？或是，我不想停止認識你？這兩件事拆不開。」

這種互動是多久前開始的？在火車上、計程車上、她父親公寓裡、廚房、客廳、阿爾巴尼別莊外、提及瑪谷姐小姐時、或路過我舊窩的時候？內心深處，我明知她不是有意害我六神無主，為什麼我卻覺得她有這種心計？

她一定是看穿我的心思了；即使六歲小娃兒，打從一開始也能一目瞭然。但米蘭達是什麼時候開始的？短短幾分鐘前嗎——我一旦誤以為真就立刻破局？這時候我又突然生出一個想法。多年前，在離這裡不到三條街的公寓裡，我讀著拜占庭訓詁學者作品，沉浸在伊斯蘭入侵前的君士坦丁堡，當時她爸的卵蛋甚至尚未釋出能結晶成米蘭達的精蟲。我凝望著她。她強擠出羞怯一笑，和活潑、任性、不屈不撓、美式咖啡達人的那女孩迥異。我大可直接問：*怎麼了？*但我強忍下來。兩人都說不出話，氣氛僵了半晌，最後她僅微微搖一下頭，彷彿和自己唱反調，否決了剛在腦海形成的一個傻念頭，認定最好還是別說。早在她上火車，在我對面坐下的那一刻，我就已經看過她這舉動了。現在，她垂頭看自己的咖啡杯。她的沉默擾動我心湖。

我們注視著對方，卻沒人肯開口。我知道，只要我吐出一個字，就會破除魔咒，於是我們繼續坐著，凝視不語，凝視不語，彷彿她也不想破除魔咒。我想問：*妳闖進我的世界做什麼？世上真有如此年輕貌美的人嗎？這種人真的能走出電影和雜誌嗎？*

倏然，古希臘文的動詞 ὀψίζω（opsizo）在我思緒裡流竄。我按捺著告訴她的衝動，終究還是把持不住。我解釋，opsizo 的意思是沒趕上盛宴，或是在酒吧供應最後一輪酒之前才上門，或是虛度光陰的重擔全壓在大啖盛筵的今日。

「重點是？」

「沒重點。」

「對。」

她推我一下，意思是：**別扯太遠！**隨即她指向獨坐附近一桌的女子。「她一直盯著你看。」我不信，但聽起來很悅耳。另一人正在玩填字遊戲，苦思著謎底。「她觸礁了，」米蘭達說：「我該去提示一下，幫幫忙，因為今天早上我在車站填完了所有格子。順帶一提，又有人在瞧你了，四點鐘方位，你右邊。」

「我怎麼從來沒注意到這些事？」

「說不定因為你不屬於現在式人種。我們目前的情況，就屬於現在式。」她說著挨過來，正面吻我的唇，不是全套的吻，但也不是蜻蜓點水。她讓舌頭碰觸我嘴唇。「你很香。」她說。

啊，我今年十四歲，我心想。

* * *

後來，我站上台，向現場來賓描述鄂圖曼大軍洗劫君士坦丁堡的慘劇，腦海浮現我倆在羅馬的特拉斯提弗列區的窄街穿梭，她牽著我的手，彷彿怕被人群衝散，我也憂心她隨時可能甩掉我的手溜走。我也回想起，離開咖啡廳時，我終於抱她，她鑽進我胸懷裡，雙拳按在我胸口，彷彿想掙脫我的擁抱，想推開我，我當下領略，這只是她依偎我懷裡的方式，於是我縱容自己，吻她。好久沒有親吻女人了，即使有，熱勁也絕對不如這次，我正想告訴她，她卻簡單說：「一直抱我，一直抱著我就好，薩米，吻我。」

多妙的一個女人。

在台上的我繼續滔滔不絕，細數佛提烏斯書單裡無數作品散軼了，令人痛心疾首，心裡卻把我倆最精采的一幕留到最後才回味。「我心裡有個譜。」我當時告訴她。她問：「什麼譜？」我說：「來我家住幾天。我在海邊有棟房子。」這想法是在我們聊天時才蹦出來的，我沒多加考慮就拋給她。一生中，我從未講過類似這種話，半句也沒講過。她的回應比我的話更驚人，更能令人傾心。

「太扯了。這話被我朋友聽了，會笑米蘭達發神經。」

「我知道。不過，妳想不想去？」

「想。」

接著，她說了可能是深思後才有的疑問：「待多久？」我也從未說過接下來這句話，但我字字出自真心：「妳想待多久就待多久，活得愈久，住得愈久。」我倆都笑了。我們哈哈笑是因為兩人都不信對方把此事當真。我笑是因為我知道自己是認真看待此事。

後來，我繼續在台上闡述人間永遠失傳的書籍，同時延續剛才的思緒，遐想著她將會看著我，滿面潮紅，張開裸露的雙膝，以我牽過的那手引導我。不久的將來，同一隻手即將沾染每天正午前幾刻海泳第勒尼安海之後的鹹味。

「待會兒怎麼辦，我告訴你，」她說。那時我們正踏上加里波底路。「我遠遠坐在觀眾席最後面，靜靜等你，因為我相信大家都想跟你對話，針對你的朗讀和其他書提出疑問。等你們談完了，我們偷偷溜掉，找個供應葡萄美酒的地方吃晚餐，因為我今晚想喝特別香醇的葡萄酒。吃完晚餐，我帶你去一間我很熟的酒吧，喝一杯睡前酒，請你說出你告訴過我的所有人所有事，你想知道我的事，我也全告訴你。之後，我陪你散步回飯店，不然你也可以陪我散步回我爸家。我乾脆現在就告訴你好了：我的第一次都很遜。」

多數人拖到事到臨頭還不肯討論的事，她現在就提，令我欽佩。

「有誰第一次不遜？」

「你怎麼知道？」

我倆忍不住大笑。

「為什麼妳很遜？」我問。

「和剛認識的人，我要做過幾次才進入狀況。可能是緊張吧，不過我和你在一起不會緊張——一想到這裡，我就夠緊張了。我不想緊張。」

「米蘭達，」我說。這時我們停在嬌小的聖彼得禮拜堂旁邊，欣賞著文藝復興時期建築師布拉曼提的傑作。「是玩真的嗎？」

「你告訴我啊，不過現在就要告訴我。我不需要證明，你也不需要。不過，我不想被嚇一跳。我也不想受傷。」

「瞭。」我聽見自己說，逗得她和我都笑起來。

「有共識最好。」

來到演講廳，主辦人過來攪局，因為他想帶我去臨時後台。慌忙中，她和我走散了。她向我示意：朗讀會結束後，她會在場外等我。

＊＊＊

我把講稿收回薄薄一本皮裝檔案夾之後不久，狀況來了。我和主辦人握手，然後和另一位教授握手，接著輪番上陣的是一大票熱切的專家、研究員、學生，所有人全在結束後一擁而上。但我以舉止傳達不願久留的意思。較年長的一位研究員意識到我急著走，做出護送我離場的舉動，後來卻把我扣留在門口，請我閱讀一份校樣——他即將出書，主題是亞西比德[8]與西西里遠征。他說，猛一看，我和你的主題是天南地北，其實差不多。「你和我的興趣相近到你想像不到的地步。」他繼續說。可以介紹我的編輯給他認識嗎？我說當然可以。我一擺脫他，瞬間又被一位老夫人逮到。她說她讀過我的所有書。她靠得很近，近到我能估算出兩人間的距離，也計算著過了幾分鐘，發現她講話時有噴沫的惡習。

終於，我能離開大禮堂去找米蘭達了。她在哪裡等我，我知道。但我去那邊，沒見到她人影。

我匆忙走大樓梯下樓，但她也不在大廳，我只好爬回二樓，繞著圍繞禮堂的環型廳兜一圈，依然找不到她。之前，雙方都沒考慮交換手機號碼。怎麼糊塗到這種程度？我打開沉重的金屬門，進禮堂，只見仍有少數幾位學生在門口閒聊，顯然即將離去，兩位工友已經在撿拾走道上的空紙杯和垃圾。門邊站著另一位工友，帶著一大串鑰匙，等得不耐煩，似乎快發飆了。他希望包括院長在內的所有人趕緊走，好讓他的部屬能辦正事。

回到環形廳，我趁四下無人，甚至打開女廁，呼喊她的名字。沒人回應。她會不會去地下室上洗手間了？地下室一片漆黑。

我走到戶外，發現轉角咖啡店外聚集一群人，只看得出黑影。她一定在店裡。找不到她。我想責怪那個小題大作的研究員，想罵那個矯揉造作、絮叨噴沫的老嫗。我告訴過米蘭達，我頂多十分鐘就能脫身。難道是我通盤誤判情勢了嗎？讀者討簽名，我無法推拒，難道是我的錯？

---

8 譯注：亞西比德（Alcibiades），西元前五世紀雅典將軍。

我看見同一位工頭帶著大串鑰匙，拖著腳步走出來，鎖上出口之一。我想問他有沒有看到一位小姐正在找她的——我該說我是她的什麼人？——她的父親？去她父親家找找看吧？

就在此時，我終於恍然大悟。早一點想到，不就好了？她不告而別了。她改變心意，逃之夭夭了。她坦承過，她常表演逃脫劇，不事先警告一聲，不留痕跡，這次只是舊劇重演。咻的一聲，照她的說法，她不玩了！

這整件事是一場春夢。全是我憑空捏造的。火車豔遇、買魚記、午餐、布拉曼提的禮拜堂、青年飛官，以及墜入瑞士冰河裂縫的那對夫婦，屍體在女兒年紀比他們大時才見天日，以及預知拜占庭末日將近的希臘人逃亡威尼斯，代代繁衍，把希臘語傳下去，直到沒人記得自己的威尼斯語裡怎麼會夾雜幾個希臘詞彙。這一切全是假的。**我是個大白痴！**

「白痴」一詞從我嘴裡冒出來，傳進我耳朵，令我想笑。我再說一次「拔伊喫」。第二次沒剛才好笑，第三次的笑果更小。**你在想什麼？**我依稀聽得見兒子這麼說，時間是在明天見面時，我說我在火車上認識一個名叫米蘭達的女孩，她帶我去她父親家，讓我想追求我以為今生無緣再獲得的事物。

四處黑沉沉，我不知不覺走向我唯一認得的賈尼克洛山，最後路過我的老家，彷彿這公寓能重設我的方向感，把我送回地球表面，提醒我是誰。公寓就在那裡，我沒想到這麼近，老態龍鍾，被歲月壓得直不起腰，像我，也像我所有的蠢默禱會。這一點也令我想笑。混了這麼多年來，你還是絲毫沒有學到教訓，仍在希望她出現在你門前，對你說，**我來了，全給你。**

拔伊喫。她不逃走才怪。

過兩年，主辦單位再邀請我的時候，我會路過這地點，嘲笑我希望我變成的人，嘲笑我的海景屋同居生活美夢。**現在只剩默禱會了。**我本來差點告訴她：**我已有豁出去的準備。我不在乎妳想去哪裡、什麼時候去、想待多久。我不在乎。**

在此地，在今晚，我成了一個負數。

我甚至感受不到怒氣，不生她的氣，也不氣自己。我只感受到憎恨。不是因為她騙我、擺我一道、縱容她瘋狂編織美夢，帶動我遐思，最後一腳踐踏。我憎恨是因為她改變心意了——誰能怪她呢？憎恨是因為我信任她，而信任感一放進對方手心，再也別想討回來，被她踩扁了，扔進垃圾槽道，不多加考慮，也顧不著我。我想追回今早火車上的舊我，我想塗掉這整件事——當作根本沒發生過。拔伊喫。事情當然沒發生過。

我繼續想，經過這次教訓，我們將熄燈鎖門，閉上窗簾，再也不敢希望了。這輩子甭想了。

我不必過橋。我只需向上看她父親那棟樓房的頂樓，見到沒有一盞燈亮著。不在家。廢話。

她知道我會來，故意在外逗留不回來。我只好走回旅館。在進門之前，我發現當初的計畫其實還不賴。吃點東西，看場電影，喝一杯，上床睡覺——見過兒子之後離開羅馬。然後把整件事拋諸腦後。

話說回來啊！下場多令人感傷。

我正想請櫃檯在上午七點三十分叫醒我，這時我看見米蘭達。飯店大廳另一邊有一條長廊，擺著眾多咖啡桌，她坐其中一桌，正在翻閱雜誌。「我突然以為你決定還是落跑比較好。所以我在這等。我再也不讓你離開我視線了。」

我只以擁抱替代回應。

「我還以為……」

「白痴！」她罵。緊接著，她語氣和緩一些：「幸好你找到我了。」

我把皮裝檔案夾交給櫃檯，帶她走出旅館。

「一起晚餐，你答應過。」

「去吃晚餐。」

「在這裡辦朗讀會後，你通常會去哪裡？」

我說出餐廳名。她認得。服務生帶我們到僻靜的角落桌，葡萄酒不是最香醇的一款，但我們照樣灌掉一瓶。餐後，我們再次路過我的舊住處。我抬頭看，三樓亮著一盞燈。她問：「還在痛嗎？」「不會。」「為什麼不會？」我裝出**妳休想釣我**的表情，對她微笑。

她取出大相機，對著公寓大樓和亮燈的那層拍幾張快照。「你覺得他在樓上做什麼？」

「這嘛，我不知道。」但我心裡思忖著：樓上的年輕人正在等。仍在等。他豈能預知，多年後妳才出生？冬夜，我在樓上煮食，偶爾瞭望廚房窗外，我也在等候，但敲我門的總是別人。研討會中，我點菸抽——那些年不禁菸——我等著妳開門。在客滿的電影院裡，在酒吧和友人相聚時，每到一地，我都在等候。但我尋不到妳，妳始終不來。在數不清的聚會中，我一直盼望撞見妳，有時幾乎自認終於遇到了，可惜從來不是妳，妳當時才兩歲。大家點第二輪酒的時候，妳父母對著妳朗讀第二個睡前故事。時光照常滴滴答答走個不停。最後，我不等了，因為我不再相信妳會誤入我人生，因為我不再相信妳的存在。其他事物一件接一件降臨在我人生——瑪谷姐小姐、結婚、義大利、兒子、事業、出書——獨缺妳一人。我不等了，學會過著妳缺席的日子。

「那些年，你迫切想要的是什麼？」

「一個能摸清我的心的人，基本上是我的心腹。」

「我們進去。」她說。

我霎時誤以為她提議上樓去，打擾到目前的房客豈不難堪？「不好吧。」

「我指的是進大廳看看。」

她不等我回應，逕自打開偌大的玻璃門。

我告訴她，這大廳的臭味將近三十年都沒變，同樣有貓砂、霉味、木板腐臭。

「大廳永遠都不老，你不知道嗎？站那邊。」她說著，在大廳多拍幾張我的相片。為了把我框進鏡頭，她步步後退，我卻覺得被她拉近。

「你動了一下。」

「米蘭達，」我終於說：「我從來沒遇到過這種事。最可怕的是哪一點，妳知道嗎？」

「這次又是什麼？」

「要是錯過那班列車，我永遠不會明白自己一輩子行屍走肉。」

「你只是怕了。」

「只不過，怕什麼？」

「怕明天一到，整件事煙消雲散。不必。」

而這一次，站在老窩的大廳，嗅著熟悉的臭味，我想告訴她，回這裡有異樣的感受，覺得之前的那些年充其量是一片荒原，地上長得出微不足道的小歡樂，全像布滿我人生的鏽斑。**我想刮除鏽斑，在此地重新出發，和妳攜手從頭再走一遭。**

我把這句話含在嘴裡，站著不動。

「怎麼了？」她問。

我搖搖頭。我引述歌德名言，置換代名詞：「我人生中的一切僅僅是序言，僅僅是延誤，僅僅是消遣，僅僅是浪擲歲月，直到現在，直到我認識妳。」

我一步步靠近之際，她放下照相機。她知道我即將吻她，所以向後退，背撞牆。「吻我，快吻我。」我雙手捧芳頰，嘴唇移向她，輕柔柔吻她的唇，然後，一直被壓抑到現在的情慾爆發了。從午餐起，從我看著她沖盤子，從她傾上身和魚販交談、令我想吻她的臉、頸、香肩，我一直極力壓抑。我以為我即將憶起當年在同一間大廳吻過的女孩，但我只記得發霉的踩腳墊百年不散的臭氣。**大廳永遠不老，人也一樣，我心想。唉，不過，人的確會老。人只是不會成長。**

「我就知道會這樣。」她說。

「會怎樣？」

「我不知道。」隨即，片刻後，「再來一次。」她說。由於我反應不夠快，她拉我過去，毫無保留吻我，嘴唇張太開，我被吻得暈頭轉向。她兩手先是猛按我腮幫子，接著出其不意，一手抓住我逐漸變硬的地方。「我就知道他會中意我。」

＊＊＊

我們離開公寓大樓，走上攤販林立的大街。攤販好像永遠不必睡覺似的。巷弄裡有騷動聲。我喜歡熱鬧的群眾和爆滿的餐廳與葡萄酒吧，每一間都設有紅外線暖燈。「我喜歡晚上的這些窄巷子，」她說：「我小時候住這裡。」

我雙手抱她，再吻她一下。我愛認識她的背景。我告訴她，我想知道一切。

「我也是，」她說。片刻之後，她又說：「不過，有些事，你可能不想知道——關於我的事。」最後這句掃興，澆熄了暖意。她想說什麼？「我不該告訴你的，不過我一定要告訴你一件我從來沒告訴任何人的事，因為我遇過的人當中，沒有一個要原原本本的我，沒有人要現在的我。而且，我想盡早讓你知道，因為如果不趁現在抒發，我會被迫隱瞞，甚至對你隱瞞。吐露完這祕密之後，我就沒有遮遮掩掩的東西了。你沒有這一類沉重的祕密嗎？累贅到變成一道推不垮的牆？我要在我們做愛之前推倒這種牆。」她說。

「我當然也有祕密。大家都有，」我說：「人人都像月球，只露一臉給地球看，從來不顯露全面。多數人一生遇不到能了解我們完整面向的人。和人相處時，我只露出容易理解的一小塊給對方看。面對別人，我會露其他面向。但是，總有一片黑影壓在我心底，不給別人看。」

「我想認識那片黑影，現在就告訴我。你先說，因為你的祕密再黑暗，也是小巫見大巫。」

一路昏暗，或許有助於自曝祕密。我們接近特拉斯提弗列區的聖母大殿之際，我說出瑪谷妲小姐的往事。「和她，第一次和唯一的一次是在倫敦一家寒酸的賓館。房東帶我們進房間之後，我們馬上脫衣服。那時是傍晚。我們擁抱、熱吻，再擁抱，太刻意了，但我們不肯放棄，以為如果是激情害我們辦不了事，障礙只是一時而已，不久就能排除。可惜事與願違。我當時年輕，活力充沛，所以和她一樣迷惑不解。她試了很多手法，無奈怎麼試，感覺都不對勁，我也試了，可惜怎麼做都撩不起她的慾火。火點不著，癥結在哪裡，我們討論一陣，不過雙方都找不到原因。入夜後，我們穿上衣服，去布倫斯貝利區逛街，失魂落魄，雙方都裝餓，想找個地方填填肚子。結果是猛灌酒。回到房間後，兩人之間的情況不見改善。最後，我們是達陣了，不過那種性愛不是慾火燒出來的，而是靠雙方奮戰不懈搞出來的。最不幸的是，在疑似高潮的境界，我喊的名字竟然不是她，而是我當時的女友。兩天之後，我們回羅馬，各自回家，我相信雙方都鬆了一口氣。她非常非常努力，想維持朋友關係，不過我一直躲她，冷血相待，可能是因為我害她失望，無法面對自我，也可能是因為我自知污損了友誼，無法面對她和後來成為她老公的男友。事隔幾年，她病得很重，看樣子病情告急了，她試了幾次，想聯絡我，我卻躲著她，一次也沒有回應。我一輩子忘不掉這件事。」

她聆聽著，但不發一語。

「妳想不想吃義式冰淇淋？」我問。

「好啊。」

我們進冰店。她點葡萄柚口味，我點開心果。她明顯希望追問瑪谷妲小姐的往事，但我想聽她的祕密。「換妳了。」我說。

「答應我，聽了之後不能恨我，好不好？」

「我永遠不會恨妳。」

走出冰店，她說她好愛今天演進的情形，從相遇、朗讀會、晚餐、喝酒、探望父親，到現在。「事情發生在我十五歲那年，」她開始說：「我有個大我兩歲的哥哥。有天下午，他有個朋友來我們家玩，和他在臥房看電視。我是個典型愛插花的妹妹，進他房間，和他們一起坐床上。這是很常發生的情況，因為我不想在客廳落單。電視原本看得平平靜靜，結果我哥一手伸過來，搭在我肩膀上——這是他常有的動作。可是，他朋友也照著做。漸漸地，朋友的手從我肩膀鑽進衣服裡面。我哥呢，也對我伸手亂來，八成覺得反正只是鬧著玩，無傷大雅，等我罵人，他就歇手。他對我的動作是襲胸，惡作劇的成分居多，或許是想強調這種事沒什麼不尋常，不值得大驚小怪。不過，我沒有抗議，他們兩人也不停手。接著，朋友拉開長褲的拉鍊。這舉動本來頂多也只是調皮胡鬧而已，沒想到我哥大概不想被朋友比下去，也跟著拉開拉鍊。我表現得像這種事很自然，然後再進一步，叫他們兩個在我左右躺下來，三人抱在一起繼續看電視。我信得過我哥，感覺很安全，知道他絕不會真的直奔終點線，只不過，我准他朋友剝我牛仔褲。朋友不遲疑，馬上壓到我身上。他幾秒就解決了。不過，接下來的部分讓我一輩子耿耿於懷。我把整件事當成腦殘遊戲，竟然對我哥說，輪到他了，甚至在他遲疑的時候糗他，就在這節骨眼上，我才發現——之前渾然不知——剛才和他朋友的事完全是我耍的伎倆，因為我要的是我哥，我要他和我做愛，不只是上我，因為這才是我和他之間最自然的事，也因為或許這才算做愛。連他的朋友都慫恿他。**我最好還是不要，她是我妹妹**——我永遠忘不了他這句話。他站起來，穿回牛仔褲，躺回床上，繼續看電視。從那天起，我哥不肯再和我獨處。有別人在場，兄妹非坐同一張沙發不可的時候，他也一定縮在最旁邊。我們絕口不提這件事，一直到今天，我知道，每當我和他吻頰打招呼，或臨別前擁抱，我們之間存在著這個芥蒂，所以雙方儘可能避免碰觸。我知道，他永遠無法原諒自己，無法原諒我。不過，永遠無法原諒他的人是我。因為我崇拜我哥，當時願意對他獻身。

「震驚？感到噁心？」

「不會。」

她把吃剩的冰淇淋丟掉。「我討厭吃到甜筒的部分。」她說。

接近旅館時，她話鋒一轉，說：「這不只是今晚過了就算的事。」

「我也是。」

「我只想聲明一下，」她說：「我有一通非打不可的電話。你呢？」

我搖搖頭。「妳想怎麼告訴他？」

「誰？我父親？他老早睡了。」

「妳的男朋友啦！」

「我不知道，不重要。你真的想不出非通知不可的對象？」

我看著她。「很長一段時間沒有了。」

「我只是想確定一下。」

「一起去我的旅館吧。」

不到三十秒，她講完電話。「急就章而馬馬虎虎。」我有感而發。

「就跟他的床功一樣。他說他不訝異。他的確不應該訝異。就這麼簡單。我告訴他，沒得商量。」

我喜歡沒得商量。將來有一天，她也會拿沒得商量來對付我。我們進旅館房間，我一眼瞄見行李放在窗桌旁的行李架上。房裡只有一張椅子。我記得那天一大清早打包行李，霎然回首恍若隔世。記得在她父親家的時候，行李擺在靠近沙發的地方。想必是旅館小弟下午提行李進房間，放在行李架上。我快速瀏覽房間一下。儘管每次我都指定同一間，今天卻覺得小很多，所以我向米蘭達致歉，說我每次到羅馬都喜歡這房間，全衝著這間的陽台而來。「陽台簡直是房間的七倍大。羅馬的景觀美極了。」於是我打開百葉窗，站到陽台上。她跟著出來。夜色沁涼，但景觀和她父親的天台一樣動人。羅馬所有教堂的圓頂都打燈，全呈現在陽台前。但這房間感覺仍比我印象來得小，大床周圍幾乎沒有走動的餘地。房間裡甚至沒有足夠的燈光。儘管如此，我絲毫不以為意。我喜歡這房間的特點。我斜眼瞄她，見她似乎也不以為意。

我想抱她，接著卻想出一個奇特的點子。我還不打算脫衣服。我也不想學電影，扯掉她的衣服。

「我想看妳裸體，我只想看一看。脫掉T恤，脫掉上衣、牛仔褲、內褲、登山靴。」

「連登山靴和襪子也脫啊？」她俏皮說。但她照做了，不抵抗，一件件從身上褪下，直到渾身赤條條，赤腳站在被磨禿的地毯上。這地毯少說也有二十年歷史。

「喜歡不？」她問。

由於這房間面對一座方院子，全飯店的房間都看得到這一間，我擔心被其他房客看見。算了，**讓他們看個夠**。她也不在乎。她雙手交握在頸背，擺出炫耀酥胸的姿勢，乳房不大但堅挺。

「好了，輪到你脫。」

我遲疑著。

「我不要羞恥，我不要祕密。今晚所有東西都要抖出來晾到底。不要洗澡，不要刷牙，不用漱口水，不用體香劑，完全不要。我已經把我最深沉的祕密告訴你了，你也一樣。等到我們辦完事，兩人之間絕對不能再有嫌隙，我倆和世界之間也不能有障礙，因為我要這世界把我倆當成一個個體，否則就沒有結合的必要，我乾脆回去找我爹地算了。」

「別回去找妳爹地。」

「我不會回去找爹地。」她說著，兩人微笑，隨即爆笑。我提交左手腕給她，她開始為我解開袖口鏈。我沒有要求，但她一猜即知。我隱隱覺得，她為其他男人做過同樣的事。我不介意。

我脫光後，走向她，首次感受到她全身肌膚貼緊我的觸感。

我一直追求的正是這個。這個以及妳。接著，由於她見我猶豫著，她牽起我右手放在陰門上，說：「它是你的，我告訴過你，我不希望兩人之間有任何一絲陰影，行事也不准只做半套。我不做承諾，不過我願和你做到底。告訴我，你也有相同的意願，現在就告訴我，不要把你的手挪開。如果你還沒有做到底的準備——」

「——妳就回去找爹地。我知道，我知道。」

講這種話撩起我的性慾。

「哇，看看這座燈塔。」她說。

我喜歡她為雞雞取的綽號。

我把行李搬走，坐在行李架上，一坐下，她二話不說就走來，坐在我大腿上，緩緩讓我進入她。「現在舒服多了吧?」她說，這時兩人密不透風擁抱著。「你想知道什麼，我全告訴你，不保留。只不過，你別動。」講話的同時，裹著我的她緊縮一下，逗得我將她拉得更貼近。她握著我的頭，直直注視著我，一如她在咖啡店的模樣，逗著我，半晌後才說：「我聲明一下，我一生從沒和任何人這麼親近過。你有嗎?」她問。

「從來沒有。」

「大騙子。」她說著再緊縮一下。

「妳如果再來一次，」我說：「我就沒辦法專心聽妳講話了。」

「什麼?這樣嗎?」

「我警告過妳了。」

「她只是想說聲哈囉而已嘛。」

再也憋不住了，我們只好開始埋頭做愛，最後移師到比較舒適的床上。「這是我擁有的一切，這是我的全部。」她說。

後來，我們繼續做愛的過程中，我輕撫她的臉，對她微笑。我說：「我正在忍。」她說：「我也是。」她微笑，然後伸手向下摸自己一下，伸手回來，伸向我臉前，伸向我的臉頰和額頭：「我要你散發我的味道。」她觸摸我嘴唇、舌頭、眼瞼，我深吻她的嘴，放送我倆皆知的訊號，因為這是遠古以來人對人的一份禮。

休息時，我說：「妳是從哪裡蹦出來的？」我想說的是，在此之前，我不知人生為何物。於是我再一次引述歌德。

＊＊＊

稍後，她望窗外，發現百葉窗開著，對窗外說：「希望你們剛才看得過癮。」我聳聳肩。我和她都不在乎。

我正想移動。

「還不准你走。我要我們像這樣待一陣子。」她望向她左邊。我們沒留意到，一盞路燈照得我們房間紅紅綠綠。「有黑色電影的情趣。」我說。

「對，只不過，我不希望這情境變成好萊塢情節，劇中的教授清醒後變乖了，懂得節制，回歸他背離的生活，放棄他和火車無名女的朝生暮死情，一段情只是小小蠕動一下，甚至稱不上心動。」

「我死也不會！」

但她面露感傷狀，我覺得她淚水盈眶。她說：「我的一切都是你的了。不多，我知道。」淚珠順著臉頰滑落，我用手掌抹去。

「妳的一切，我從來無緣擁有過。我別無所求。問題應該是：妳的前景大好，為什麼偏偏看上我？例如，想不想生小孩？」

「這嘛，是個不必經過大腦思考的問題。我的確想生一個。不過，我要的是你的孩子，不想為別人生——即使這個週末過了之後再也不見面也一樣，即使海景屋之後絕交也一樣，都無所謂。我覺得，一定從阿爾巴尼別莊出來後，我就篤定——說不定甚至在那之前就知道了。」

「什麼時候？」

「你差點親我卻忍著不親的那次。」

「我忍著？」

「不止那一次！」

生孩子的念頭湧上心頭。「我也想和妳生孩子。而且現在就要。」接著，我暗自喊停。

「不過，我不應該擅自作主。」

「儘管擅自作主啊，看在上帝份上！」

「妳獻給我的東西，我全拿走，已經夠自私了。」

「那你能搞瘋狂嗎？」她問。「因為我就能。」

「『瘋狂』指的是哪一方面？」

「做盡你以前辦不到的所有事，一反平凡無奇、淡如水的日常生活？你想不想和我一起瘋狂？現在就開始。」

「好。不過，妳能放下一切嗎？妳父親和工作怎麼辦？」我問。我幾乎感覺到，語氣像一個正想找藉口、不願當機立斷的人。

「我的兩個相機都帶在身上，這樣就夠了。至於其他東西，隨處一買就有。」

她問我是否想睡。我說我不想。要不要去散步一小段路？好啊，我說。裘利亞路空曠無人時是仙境。「馬路盡頭右邊有家葡萄酒吧。」

「洗個澡吧？」我問。

「你敢！」她說。

我倆趕緊穿衣服。她穿的是火車上的同一套。我帶來一件奇諾長褲，巴不得換上。

旅館外，街頭幾乎一片冷清。

「我喜歡羅馬空蕩蕩的時刻，像這樣，成了一座鬼城。」

「勾起什麼回憶嗎？」

「沒什麼。你呢？」

「沒有。我也不想。」

手牽手。

「你對新生活有什麼期許？」

我不知道如何回答。「我希望和妳在一起。如果親朋好友不認同我們，他們不要也罷。我想讀妳讀過的每一本書，聽妳喜愛的音樂，回到妳熟悉的地方，透過妳的眼睛看世界，學習妳珍惜的每一種東西，和妳結伴踏上人生路。妳去泰國，我也跟著去。舉辦朗讀會的時候，妳會坐在最後一排，如同今天——不准妳再失蹤。」

「照你我的意志走遍千山萬水。我們要結繭度過餘生嗎？我們能這麼愚昧嗎？」

「妳是指，我們夢醒之後怎麼辦？我沒概念。不過，我想改變很多自己的事。」

「例如？」她問。

我一直想要一件皮夾克，和她這件一樣。我也一直想穿不同的服裝，不願再打扮成做完星期、摘掉領帶、準備前進高爾夫球場的男士。我也想把名字改成綽號。假如我剃成大光頭，戴一邊耳環，她有意見嗎？最重要的是，我不想再寫歷史了——也許改行寫寫小說。

「什麼都改！」

「讓我們永遠不要夢醒吧。」

我們走在裘利亞路上。她說得對。這條路上荒涼，我愛鴉雀無聲的靜謐，愛晚間卵石路面的糖霜光澤，也愛一、兩盞路燈對著羅馬街頭灑下細如粉塵的橙光。我兒子曾對我說過羅馬夜深情景。我從沒見過。

「所以說，你是什麼時候知道你——對我有意思？」她問。

「我已經告訴妳了。」

「再告訴我一遍。」

「在火車上。我一眼就注意到妳了。不過，我不想正眼看。說妳擺臭臉其實是個幌子。

妳呢？」

「也是在火車上的時候。我心想，**這男人懂人生**，我不希望我們停止交談。」

「當時的妳有所不知啊。」

「我也不知道我會走在這條路上，下面還有你留下的濕意。」

「好意思說？我渾身都是妳的氣味。」

她探頭過來，對著我的頸子舔一口。「你讓我好愛自己的本色。」繼而進一步想到：「但願你永遠不會害我恨自己。好了，趕快再告訴我，你是怎麼知道我們彼此有意思？」

「另外一次是在魚販那裡，」我繼續說：「妳猛指著妳想買的魚，伸長脖子往前傾，我瞥見妳的脖子、臉頰、耳朵，忍不住想愛撫妳胸骨以上每一寸裸露的肌膚。我甚至遐想赤裸的妳和我做愛。然後，我甩掉這念頭，心想——空想無益。」

「對了，你想取的小名是什麼？」

「不是薩米。」我說。我接著告訴她。自從我九歲或十歲以來，除了老親戚或遠親之外，再也沒有人如此稱呼我。這些親戚有幾位仍健在，我寫信給他們時，信末仍簽小名，否則他們不知道寄件人是何方神聖。

＊＊＊

回旅館後，那一夜，同一個念頭在我心中潮來潮往。這一切仍不盡真實——也缺乏能相提並論的事物——不盡真實是因為，我見過的世面夠多，明白這種激情不可能持續——不盡真實是因為，激情一場令周遭萬物——我的生活、我的朋友、我的親戚、我的工作、我自己——顯得同等薄弱。

我們躺著，靠得非常近。她說：「兩人一體。」我接著說：「吃飯或上廁所除外。」她打趣說：「吃飯或上廁所也形影不離！」兩人肢體繾綣著，一腿搭在對方腿上，我閉目片刻，開始洞悉這次和以前截然不同，一生中認識的諸多女人皆難以望其項背。閉著眼睛的我也看出，人體的彈性何其大，能順應我們每一項要求——前提是我們要懂得提出要求。回憶人生往事之際，最令我迷惑的是，和陌生人交歡的頭一夜，心扉開一小道縫，之後竟然大費周章鎖門。她在這方面的見解沒錯：我們對某人認識愈深，愈容易關閉雙方之間的門——反其道而行。我不睜眼，開始說：「我怕的是……」她問：「你怕的是？」我話才講一半，她似乎已經有斥責的意味。「怕我們兩人的事——」我沒講完，就被她制止：「不要說，不要！」她驚呼，突然掙脫我的擁抱，一手飛過來，掩住我的嘴，動作幾近粗暴。她出手之靈敏深得我心。起初我不太確定，頃刻之後，即使還在回味她的動作之際，我才嚐到嘴裡有血腥味。她驚嘆：「真的很對不起，我不是故意要傷害你或觸犯你。」「為的不是這個。」「不然為的是什麼？」於是我告訴她，嘴巴流血了，讓我聯想起幼稚園和同學打架，嚐到嘴巴裡一股怪味，頭一次見識到血腥味。「因為妳，我喜歡這滋味。」血腥瞬間帶我返回童年。我霎然領悟：我孤獨了好久，即使在我自認不孤不獨時也一樣孤獨，而嚐到像血腥味如此真實的味道，更勝嚐到真空，更勝孤寂枉費的那些年幾百倍。她冷不防冒出一句：「好啊，那你打我。」「妳瘋了不成？」「我要你反擊，打我。」「怎樣，反擊才算扯平嗎？」「不是，因為我要你賞我一耳光。」「為了什麼？」「快打我耳光啦，廢話少說，那麼多問題幹嘛。你沒賞過別人耳光嗎？」我說：「沒有。」語氣幾乎帶歉意，因為我連蒼蠅都捨不得打，遑論打人。她說：「這樣打嘛！」她邊說邊狠狠掌摑自己臉頰一下。「就這麼辦。快打啊！」我揣摩她的動作，輕輕拍她的臉一下。「用力一點，力氣再大再大，正手打完換反手打。」於是我摑一次，她愣住了，但立即轉頭，意思是叫我連另一邊臉也呼。我照她的意思做了，她說：「再來。」我說：「我不喜歡傷人。」「對，不過現在，我們已經混得比同居三百年的人更熟。不管你喜不喜歡，這也算你的作風了。你愛那種滋味，我也愛。好，快吻我。」她吻我，我吻她。「我弄痛妳了嗎？」「不要緊。你有沒有硬？」「有。」「好。」她接著伸手向下，緊緊握我一把，倒抽一口氣說：「我的燈塔。」「即使在大庭廣眾，穿著全套衣服，打扮得漂漂亮亮，我們也同樣是這樣，你在我裡面，淫水淋淋。」

她帶我去葡萄酒吧時，對我說：「你也不能自欺，這不是蜜月性愛。」我們在角落桌坐下，點兩杯紅酒，接著來一盤羊乳起司，吃完後再來一盤冷肉片，然後再加兩杯葡萄酒。

「我希望我們永遠像這樣。」

「十二個鐘頭前，我們還素昧平生。我是個趕瞌睡蟲的男人，妳是牽小狗的女人。」

我四下看看這酒吧。我沒來過。

「對我說話，說什麼都行。」她說。

「我喜歡透過妳的眼睛看羅馬。明晚，我想再和妳來這裡。」

「我也是。」她說。

我倆不再言語。即將打烊時，酒吧裡的酒客所剩無幾。

* * *

這時節旅館客人不多。隔天早上，工作人員穿著白外套，忙著彼此閒磕牙，有說有笑，背景的靡靡之音嘹亮。

「我討厭背景音樂，也討厭他們嘰嘰呱呱的。」她說，指的是工作人員。她毫不遲疑，轉身向最靠近的一位男性工作人員，請他們壓低音量。他聽到怨言，顯得驚訝，既不回應也不道歉，只縮縮頭，往回走向三個服務生站著嘿嘿大笑的地方。一男兩女頓時噤聲。

「我開始討厭這家旅館了，」我說：「不過每次來羅馬，我都指定住這家，為的是我那間的大陽台。暖和的日子，我愛坐在陽傘下讀東西。晚上，我會找朋友來喝喝酒，不是在陽台上，就是爬到三樓上面更大的天台。那上面簡直是天堂。」

早餐後，我們過橋，正想走向阿文提諾山，卻臨時改變主意，回頭沿台伯河岸散步。這天是週六，時辰仍早，羅馬分外幽靜。「這裡以前有家電影院。」「好久前就關門了。」「以前也有一家賣小玩意兒的店，在這裡附近。我買過一組小型雙陸棋，敘利亞出品，全部鑲嵌著珍珠母馬賽克。後來被朋友借走，不知是摔壞了或搞丟了——有去無回。」信步接近鮮花廣場之際，她伸手過來牽我。附近，魚販正忙著設攤。酒品商行仍未開張。前來買魚的那天宛如幾百年前的事。

她的父親開門，見到我們，她說：「我們想在羅馬待一整個星期。」她買的食品夠他吃三星期。

「不錯嘛？」他結巴說，幾乎難掩喜色。「一整個星期，你們兩個想怎麼打發？」

「不曉得。吃吃喝喝，拍拍照，到處參觀，在一起就好。」

「散散步。」我補充說。顯而易見，父親已看清我們是一對了，並不錯愕，或者只是假裝無所謂。從他臉上解讀得出來：**昨天，你們才在火車上認識，肢體幾乎互不碰觸……現在你卻搞上了我女兒。不錯嘛！她永遠是老樣子。**

「妳住哪裡？」他問米蘭達。

「住他那邊。從這裡走路五分鐘就到，所以我三不五時就過來，煩到你討饒。」

「這算壞消息嗎？」

「天大的好消息。不過，我可以把狗留在你家嗎？」

「可是，妳工作怎麼辦？」

「相機在手就能工作。何況，我已經厭倦遠東地區了。搞不好，我能借重他的眼光，在羅馬或義大利北部發掘好題材。昨天，他帶我去參觀我沒看過的阿爾巴尼別莊。」

「我也想帶她去那不勒斯的考古博物館看看。蒂爾王后被兩兄弟纏在牛身上的雕像等著攝影專家的鏡頭去捕捉。」

「我們什麼時候去那不勒斯？」

「妳想去的話，明天就走。」我說。

「又要搭火車囉。棒透了。」她似乎是真心樂不可支。

米蘭達不在時，父親拉我過去說：「她的內心世界沒有外表這麼單純，你知道吧？她個性衝動，而且總有一團暴風雨在她腦殼裡醞釀著，不過她比最容易碎的瓷器更嬌柔。拜託你一定要善待她，對她耐心一點。」

我無言以對。我凝視著她父親，然後微笑，最後一手放在他手上，用意是請他寬心，同時傳達溫情暖意、友誼、無聲勝有聲。我希望此舉不要被誤認是傲慢。

午餐期間話不多，話題多數是早餐的衍生語。米蘭達煮了一個大煎蛋餅。她問父親想吃什麼口味。父親說：「只要蛋就好。」她問：「加點香料吧？」他喜歡加香料。「這次不要煮得太乾啊，拜託。珍納莉娜的煎蛋餅好難吃。」

天氣回暖，我們再次去天台吃午餐。「胡桃呢？」他飯後說。

「胡桃，那當然。」

她進公寓端一大碗胡桃，然後進書房，找到心目中理想的書，說她想朗讀二十分鐘。

我從未讀過夏多布里昂，但聽她如此一讀，我決心今生非夏多布里昂不讀了。每一天，午餐剛吃完，我淺嘗著咖啡，像現在這樣，如果她不忙，想朗讀一下，讓我聽聽這位法國文豪的散文二十分鐘，我一定整天神清氣爽。

喝完咖啡，父親待在天台，對著桌子坐，不帶我們到門口，只目送我們離去。出門後，門一關上，我說：「他的日子肯定不好過。」

「其實很慘。每次我告別後關門，總是心痛如絞。」

前往聖科西馬托廣場途中，她望著烏雲逐漸密布的天空說：「好像快下雨了。我們調頭回去吧。」

回飯店還太早，所以我們散步進一間大型居家用品店。「我們買兩個一模一樣的馬克杯吧！一個印著你名字的縮寫，另一個印著我名字的縮寫。」她說。

她堅持付帳。我的馬克杯上有斗大的M，她的有個大S。但她不滿意。「要不要去刺青？我要你永遠刻在我身上。像一個浮水印。我要一座小燈塔。你呢？」

我思考片刻。

「一個無花果。」

「那就去刺青囉？我認識一家店。」她說。

我看著她。**我怎麼連猶豫一下都省了？**

「刺在哪裡？」我問。

「在……那個的旁邊，你知道。」

「左邊或右邊？」

「右邊。」

「那就右邊。」

她沉默一下子。

「對你來說，這會不會太急了？」

「我喜歡急。會不會痛？」

「我哪知道？我又沒刺青過。連耳洞都沒穿過哩。我只知道，我希望我們的身體從此改造。」

「我們就坐著，看著彼此被刺青，」我說：「等到有一天，我去見創世主，被要求剝光全身，祂見我命根子右邊有個無花果刺青，妳認為祂會怎麼說？『教授，你那話兒旁邊是什麼？』我會說：『一個刺青。』『無花果刺青，是嗎？』『是的，天主。』『這軀體耗費九個月孕育而成，時程漫長，如此糟蹋的原因何在？』『原因是激情。』他說：『是的，為什麼呢？』『我想在身上雕刻出一個符號，顯示我希望徹底改造自我，而改造自我就從肉體著手進行。因為，我今生首度知道我將無怨無悔。人生有些事物似微風，稍縱即逝，如果不設法印在身上，我總擔心會隨風而去，所以我把象徵她的符號刻在身上，銘記在心。如果祢能將她的名字刺進我靈魂，祢應該現在就刺。祢知道嗎？上帝——能如此稱呼祢嗎？——我本來心死了，本來過著有如無期徒刑的日子，本來已認命，本想屈從於卑微的運勢，本想把人間當成一間冷颼颼的等候室，漫漫無期空守候，不料剎那之間，眼前冒出一個大好的減刑良機——我知道我在賣弄專有名詞，不過我相信天主祢能理解——我的人生路原本是個陰暗、寂靜、泥濘滿地、既破又窄的小巷弄，轉眼間巨大的豪宅拔地而起，面對一望無垠的原野和海景，有寬廣的房廳，有敞開的大窗戶。海風徐徐吹，窗戶絕不嘎嘎亂響，絕不動搖或轟然關閉。打從您劃亮第一根火柴、知道光是好的那天起，這房子不曾陷入黑暗。』」

「原來你是個諧星啊！結果上帝聽了有什麼反應？」

「上帝當然讓我進去了。祂說：『你進來吧，好先生。』不過，我這時卻又問：『對不起，天主，天堂現在對我又有什麼好處？』

「『天堂即天堂。再好的日子也比不過天堂。別人為了躋身天堂，放棄了多大的好處，你知不知道？你想看一看另外一條路嗎？我能帶你去參觀。事實上，我能帶你下去，讓你看看，想嚐嚐痛苦滋味的話，不必胡亂在身上那地方刺青，進地獄下油鍋受煎熬即可。你怎麼噘嘴了？為什麼？』『為什麼，天主？因為我在這裡，她在那裡。』『什麼？你要她跟你一起死，好讓你們能彼此嬌生慣養、卿卿我我，在我的王國裡巫山雲雨？』『我不要她死。』『你是嫉妒她可能琵琶別抱嗎？因為她必定會另有新對象。』『我也不在乎。』『既然如此，好先生，為什麼呢？』『我希望我能再多一小時，只求祢在浩瀚無疆的千萬億兆年裡撥出微小的一小時，在無盡歲月的範疇中賜予我微不足道的一小點，對祢來說不算什麼。我只想重溫那週五深夜在葡萄酒吧的情景，兩人雙手握在桌上，服務生不斷奉酒奉起司，客人漸稀，只剩有情人和摯友逗留不去。我只求有機會告訴她，就算我倆那段情只維持二十四小時，也值得在生物演化前的無盡光年裡等候，直到骨灰連粉塵也不剩了，直到萬億年後在遙遠星座的某行星上，某日有個薩米和米蘭達能再一次邂逅。我誠摯祝福他們。但現在，天主祢行行好，我只要求一小時。』祂說：『可是，你難道看不出來嗎？』『我看不出什麼？』『你要求的一小時，你已經擁有過了。而且，我給你的不只一小時，我給了你二十四個鐘頭。依你的歲數，器官機能未必能盡人意，讓它們執行一次任務的難度多高，你可知曉？遑論兩次？』『容我糾正，三次，恩主公，三次。』上帝稍停幾秒。『更何況，如果我現在給你一小時，得寸進尺的你會要求再給一天。如果我給你一天，你會要求再一年。我懂你這一型。』

「現在，上帝似乎已經恩准我更多時間了。上帝還沒有正式宣告。假如我告訴妳以外的任何人，上帝一定會否認。等我帶妳去我在海邊的家，妳一定會喜歡的。每天，我們可以在鄉間散步，走得遠遠的，游游泳，吃水果，很多水果可吃。我們可以看老電影，聽音樂。我家有個小客廳，我甚至能彈鋼琴給妳聽，讓妳反覆欣賞貝多芬奏鳴曲那段精采樂章——在第一樂章的風暴突然平息後，妳只聽得見零星的音符緩緩流瀉，慢吞吞，慢吞吞，然後是風雨再起前的寧靜。我們可以效法密拉與希尼拉斯，不同的是希尼拉斯不會為了女兒誘他同床而殺女，她也不會從父親的床逃離，變成一棵樹。如果我們運氣真的夠好，九個月後，妳會生下美男子阿多尼斯，和密拉一樣。」

「我是我愛人的人，而我愛人屬於我。這首田園詩能延續多久？」

「我們需要知道嗎？無限久。」我說。

刺青工作室預約排到明天了，我們只好打消刺青的念頭。我們隨處亂晃，最後決定回旅館。進房間後，我問：「我不敢相信妳這麼美。告訴我，妳看上我哪一點……有值得欣賞的地方嗎？」她說：「我不知道。假如我能切開你身體鑽進去，然後從你體內把切口縫合，我願意進去，如此一來，我能沉醉在你私心裡的夢想，讓你夢見我的夢。我願化為尚未變成我的那根肋骨，樂意停留在你體內，照你說的，不用自己的眼睛，而是透過你的眼睛看世界，聽你應和我的想法，讓你以為是你自己的想法。」她在床上坐下，開始解開我的皮帶。「我好久沒做過這種事了。」接著，她拉開褲襠拉鍊，脫掉她的衣服，直視我眼睛，深情款款，目光訴說著，假使愛不曾在地球上存在過，如今愛降生在這個美其名為精品旅館的寒傖小房間裡，緊鄰一條小街，正對著無數窗戶，歡迎大家偷窺。「快吻我。」她說，一語提醒我，我何其幸運，見得到粗糙、蠻荒、披頭散髮、含雜質的這一刻倏然蹦進我人生。長吻後，她看著我，神態近乎叛逆。「現在你知道了吧，」她說：「你相不相信我？」她最後問。「我已經獻出所有，仍未貢獻的東西不值一文，不值一文。問題是，下星期我能再獻出什麼東西？你還要不要呢？」

「那就獻給我少一點。給我半個、四分之一、八分之一，我也願意收。再小都行。」片刻後，她說：「我不能回去過老日子了。我也不要你走回頭路，薩米。父親家給我的印象只有一個苦字，有你在裡面才值得回味。我想重溫我幫你拉直領子的那一刻，你握著我的手，我不停想著：**這男人喜歡我，他真的喜歡我，既然這樣，為什麼他不吻我？**我看著你暗中掙扎，最後你終於摸我額頭，像安慰小孩似的，然後我心想：**他嫌我太年輕。**」

「不對，是我太老——這是我當時的想法。」

「是你太傻。」她起身，剝掉馬克杯包裝紙。「它們好可愛。」

「我有房子，妳有馬克杯，其他全是瑣碎的細節。每天午餐，我們吃同樣的儉樸食品：切成四塊的番茄、我愛烤的鄉村麵包、九層塔、鮮榨橄欖油、沙丁魚罐頭——除非妳下廚炙烤一條魚——以及菜圃收成的茄子。至於點心，夏暮有新鮮無花果，秋天有柿子，冬天有漿果，另外還有樹上結的果實——桃、李、杏桃。我迫不及待想彈貝多芬奏鳴曲的那一小段極弱樂曲。讓我們如此過日子，直到妳討厭我。在妳厭煩之前，如果妳懷孕了，我們可以多相處久一點，直到我壽終。到時候，我心中無哀傷，妳也一樣，因為到時候妳我將知道，妳賜予我的光陰、我從童年、中小學、大學、執教鞭、寫作的一生、以及一生中的所有事，全引領我走向妳。這樣我就心滿意足了。」

「為什麼？」

「因為妳讓我愛上這一段，只愛這一段。我向來對人世不迷戀，也對『人生』這種東西沒信心，不過我只要一想到午餐能吃番茄沾鹽巴和橄欖油，能喝清涼的白酒，能渾身光溜溜坐在陽台上，沐浴在接近正午的陽光下，望海，此刻一想到，一陣哆嗦立刻順著脊椎往下竄。」

接著，一個念頭飄過我腦際。「假如我今年三十歲，這一段會不會更加誘人？」

「假如你三十歲，這一切全都不會發生。」

「妳沒有回答我的問題。」

「假如你和我同年紀，我會裝快樂，我會假裝我愛我這一行，愛你那一行，愛我倆的人生，不過，這些全是假象，和我交往的所有對象全見過這副假面具。我的難題在於發掘『不偽裝』是怎麼一回事——這對我而言既艱難又可怕，因為我從小的傾向一直是照外界要求行事，而不是忠於自我；一直是做我該做的事，而不是跟著未知的渴望走；一直是隨遇而安，而不是追求我一直叫自己相信只是幻境的夢想。你是我的氧氣，而我之前吸的一直是甲烷。」

我們壓著床罩躺著。她說這床罩可能永遠沒洗過。「像我們這樣汗涔涔裸體躺過這床罩的人有多少，你想過沒？」

我倆一笑置之。不再多言。自從在火車上相遇之後，我們頭一次洗澡。然後穿衣服，去見艾里歐。

＊　＊　＊

我的兒子艾里歐站在旅館門口。我和他擁抱，放開他之後，他留意到我身旁的女子不是碰巧同時踏出旅館的過客。米蘭達立刻伸手和他握一握。她說：「我是米蘭達。」他說：「我是艾里歐。」兩人相視微笑。「久仰大名了，」她說：「他三句不離你。」艾里歐笑一笑。「我的事沒啥好提的，被他誇大了。」我們三人走出鋪著卵石的方院之際，艾里歐偷偷對我擺出狐疑的面孔，意思是：她是誰？問號被她攔截到了。她馬上說：「昨天他在火車上勾搭我，拐我上床。」他聽了笑笑，略顯窘迫。米蘭達趕緊說：「假如昨天你去車站接他，我現在就不會站在這裡跟你講話了。」她立即取出相機，請父子倆站在院子門邊。「我想拍一張。」她說。

「她是攝影師。」我解釋，幾乎算是道歉。

「那我們該怎麼辦？」兒子問。他有點手足無措。

米蘭達立刻釐清眼前的狀況。「我知道兩位有默禱會，所以我不想攪局。」她強調「默禱會」一詞，顯示她已熟知父子專用語。「不過我可以跟在後面。我發誓我絕不會插嘴。」

「也要保證不會譏笑我們，」艾里歐說：「因為我們真的很離譜。」

我們散步的態度若即若離，互動帶有一絲絲忸怩。我想配合她的腳步，同時卻不願兒子以為米蘭達動搖了他在我心目中的地位。但走幾步之後，我發現自己和兒子走得較近，瀕臨冷落她的地步。我也憂心，他可能憎恨她妨礙到他談論重要的私事。現在認識她也許太早了，絕對是太突然，他缺乏心理建設。他必然察覺到我的不安，識相地超前我們幾步。我知道他是故意的，幾乎是想禮讓她，因為我們父子通常是並肩擦肘走。若說三人行存在著緊繃的氣氛，他超前走有助於解圍，也重建了我們過橋時感覺到的父子情誼。

我們原本提議徒步至新教徒墓園，可惜天氣變陰天，時辰也不早了。我說，墓園最適合在非例假日的晴天上午參觀，比較清幽，週六下午人擠人的氣氛不對。於是，我們決定再走一趟裘利亞路，前去三人都熟悉的一家咖啡店。

途中，我問艾里歐昨晚演奏什麼曲目，他說是莫札特的降E大調和D小調協奏曲，樂團來自斯洛維尼亞首都盧布拉那。演奏會前一晚，他通宵練習，白天也不停演練。幸好演奏過程甚為順利。週日下午，他必須在那不勒斯再演奏一場。

「那麼，我們今天該從哪一場默禱會開始？」米蘭達問：「或者讓我猜？」

再一次，我擔心默禱會是父子兩人的事，三人行不通。所以，為了緩和氣氛，我告訴兒子，我已經背著他，和米蘭達做過一場默禱會了，已經逛過自由羅馬路上的那棟我年輕時教書住的三樓公寓。

「送你柳橙的小妞？」他問。

逗得三人哈哈笑。

「瑪谷姐路上，不也有一場默禱會嗎？」米蘭達問。

「對，今天就別去了。」

「其實，我們正要去的咖啡店也有一點默禱會的味道。」艾里歐說。

「誰的默禱會，你的或薩米的？」她問。

「呃，我們不太確定，」我說：「起先是艾里歐的，後來因為我陪他來過，也變成我的，最後成了父子兩人的默禱會。所以可以說是，我們彼此重寫了對方的回憶。所以來這裡才饒富意味，連忝為教授的我都詞窮。對了，米蘭達，現在妳也被納入這些默禱會了。」

「這就是我看上他的原因，」她轉向艾里歐說：「他的想法能扭曲一切，好像人生充滿無意義的紙屑，他拿一張來，摺一摺，就能摺成小小的模型。你也像他這樣嗎？」

「有其父必有其子。」他難為情地點點頭。

鹿角咖啡廳大爆滿，我們遍尋不著空桌，決定擠進吧台喝咖啡。艾里歐說，這些年來，每到這家咖啡廳，座位全被看地圖、讀觀光攻略的遊客占光了，沒有一次找得到坐下的機會。他堅持請客。有些客人等著點飲料，有些等著買單，他鑽進去排隊之際，米蘭達湊向我問：「我該不會害他措手不及吧？」

「完全不會。」

「你覺得他介意我鬧場嗎？」

「我倒看不出他怎麼會介意。我離婚後，他一直嘮叨我趕快找對象。」

「結果找到沒？」

「好像找到了。她說她願意和我在一起。」

「誰願意和你在一起啊？」艾里歐問。他拿著收據回來，拚命想招來咖啡機操作員。

「她。」

「她自討什麼苦頭吃，你告訴她沒？」

「沒有。過一陣子她自然會被嚇到。」

幾秒後，三杯咖啡出現在我們面前的吧台上。

「三年前，我帶女孩來這裡，想進行私人默禱會，結果以災難收場。」艾里歐說。

「怎麼說？」米蘭達問。

艾里歐解釋，他原本以為，帶女孩來咖啡店能體驗到另一番新意，特別是因為這地方已有其他人生事件留下的刻印，沒想到他和女孩吵了一架，起因是她不停說，這裡煮的咖啡沒特色，他則反駁道，重點不在咖啡，而是在這裡喝咖啡的感受。歧見不僅破壞默禱會本身，也導致他恨那女孩。那天兩人盡快把咖啡喝完，離開時各分東西，從此再也不相見。

「不過好幾年前，在這裡，我頭一次憧憬身為藝文工作者、和藝文工作者相處的未來。每次父親來羅馬，都會和我一起來這裡。」

「身為藝文工作者的這幾年，生活是不是如你所願？」米蘭達問。

「我很迷信，不想鐵齒，所以講話最好謹慎點，」他回答：「不過，這幾年令我很放心——我指的是身為鋼琴手的這幾年。其他的事呢，唉，我和他不談。」

「我想知道的卻是其他的事。」我說，發現自己的口氣幾乎附和米蘭達的父親。談到這裡，米蘭達覺得話鋒轉向不足為外人道的領域，說她想去上洗手間。

「其他的事，爸，」艾里歐繼續說：「最近是一本闔起來的書，不給看。不過，我十七歲那年第一次來這裡，當時身邊的朋友讀了不少書，熱愛詩，對電影涉獵很深，對古典樂如數家珍。他們帶我進入他們的圈子。從高中到大學，每次放假，我來到羅馬，都借住他們家，盡可能學習藝文界人生。」

我不語，但他瞧見我目光有異。

「和他們的友誼好歸好，不過，塑造我成為今天的我，最大功臣非你莫屬。你和我，我們之間向來沒祕密，你了解我，我了解你。在這方面，我自認是全地球最幸運的兒子。你教導我如何去愛——教我愛書、音樂、妙點子、他人、享樂，甚至愛我自己。更了不起的是，你教我認識，每人只能來世上走一遭，歲月永遠不饒人。儘管我年輕，我懂這些東西。只不過，有時候我會忘記你的教誨。」

「你為什麼提這些事？」我問。

「因為我看得出來，我眼中的你不是我父親，而是一個戀愛中的男人。我從沒看過你這模樣。我看得非常開心，幾乎羨慕你。你突然變得好年輕。絕對是愛，錯不了。」

就算我一直沒想到，我現在總算明瞭，我的確是在世的父親中最幸運的一個。人們在我們四周走動，有些想擠向吧台來，卻似乎無人能侵擾父子的親密時刻。這裡是羅馬數一數二的熱門咖啡店，我正與兒子在促膝互訴心語。

「愛很容易，」我說：「重要的是要有勇氣去愛和去信任，而這兩種勇氣不是人人都有。不過，你可能不知道的是，你教我的東西比我教你的多太多！以這些默禱會為例，我的動機大概只不過是為了追隨你的腳步，想和你共享一切，任何事都行，也想進入你人生，正如我向來盼你能進入我人生一樣。我教你在時光暫停的時刻做個記號，但除非這些時刻能映照你愛的人，否則做記號的意義不大，做了記號反而百刷不掉，爛成一輩子的膿瘡，或者，你運氣好的話——運氣這麼好的人沒幾個——你能把這些往事琢磨成稱為藝術的東西，以你而言是音樂。不過，最重要的是，我向來最羨慕的是你的勇氣，羨慕你信任你對音樂的愛，後來羨慕你對奧利佛的愛。」

這時候，米蘭達回來了，一手摟我。

「你那種信任，我從來沒有，對以前的戀情沒有過，如果你相信的話，對工作也沒有。」我繼續說：「不過昨天，在這位年輕女士邀我吃午餐的那一刻，我幾乎是不經意就有了這份信任感，那時我嘴裡不停對她說：**不了，謝謝妳，心領了，怎麼可以呢，不行不行**——不過她不信我，不准我縮進我的小海螺殼。」

我很高興父子談開了。「你剛說過，我們之間從來容不下祕密，你和我。我希望永遠無可隱瞞。」

各人再趕快把三口咖啡喝完之後，我們離開咖啡店，前往科爾索大道。

「接下來去哪裡？」米蘭達問。

「貝爾西安納路吧？」我猜，因為我記得艾里歐和我總去貝爾西安納路，進行他口中的「如果愛」巡禮，走進一家書局，以追憶十年前出版的一本詩集。

「不要，今天不要走貝爾西安納路。我想帶你去一個我沒帶你逛過的地方。」

「為了回憶最近的事嗎？」我問，希望他透露最近一段戀情。

「一點也不是最近的事。不過，那地方紀念的是，曾有一小段時日，我把人生掌握在自己手中，整個人從此改觀。有時候，我認為人生在這裡走不動了，未來也只能從這裡重新上路。」

他似乎陷入沉思。「米蘭達想不想去，我不清楚，也許你也不想去，不過，我們傾吐的心事已經夠多，現在想喊停也來不及了。所以，讓我帶你去那裡。走路兩分鐘就到。」

抵達和平路時，那一帶教堂林立，我以為他想帶我們去我最心儀的一間。但是，一見到那棟教堂，他立刻向右轉，帶我們到靈魂聖母路。接著，再走幾步，如同我昨天和米蘭達的動作，在轉角駐足。這裡有一盞嵌進牆壁裡的古老油燈。「爸，我從沒告訴過你，有天夜裡我醉得半死，剛在帕斯基諾雕像旁吐過一灘，一輩子沒那麼暈沉過，結果來到這堵牆，我挨著牆壁，醉醺醺的我有奧利佛抱著，當下我明白，這就是我的人生，先前和別人交往過的一切甚至稱不上是粗淺的素描，也不算草圖的影子，無法勾勒當時呼之即來的人生。如今，事隔十年，我看著這堵牆，頭上有這盞古燈，我又回到他身邊了。我敢對你發誓，一切都沒變。再過三十、四十、五十年，我的感受如一日。一生中，我遇過很多女人，遇過的男人更多，但這牆上的印記勝過我認識的所有人。每次我來這裡，無論是自個兒來，或是帶人來——例如你——我總是與他同在。如果我在這裡站一個鐘頭，凝視牆壁，我能和他相處一個鐘頭。如果我對這堵牆講話，它會對我回應。」

「牆會怎麼回應？」米蘭達問，深受艾里歐面壁的情境吸引。

「牆會怎麼說呢？很簡單：『尋我，找我。』」

「你會怎麼說？」

「我也說同一句話。『尋我，找我。』結果，雙方都高興。現在妳也知道了。」

「也許你應該少一點傲氣，多一點勇氣。傲氣是我們為恐懼取的綽號。你曾經百無畏懼。後來怎麼了？」

「你錯誇我有勇氣了，」他說：「我一直連打電話、寫信給他的勇氣都沒有，更別提上門去找他了。孤獨時，我只能在黑暗中輕喚他的名字。不過我也會反過來笑自己。我只但願自己和別人同在時不會輕喚他名字。」

米蘭達和我默然無言。她走向艾里歐，吻他臉頰。沒什麼好說的。

「我也有輕喚別人名字的經驗，只有一次，不過我認為，那次在我心靈留下永遠的印記。」我說著轉向米蘭達，她瞬間明瞭我的意思。

「以他而言呢……我能告訴他嗎？」她問我。

我點頭。

「以他而言，他在魚水之歡時喊錯女人的名字，」米蘭達說：「每個怪怪家庭都有一本難念的經！」

話接不下去了。

幾分鐘後，我們決定去索蓋托酒吧喝一杯。

我們抵達時，這家葡萄酒吧正要開張，座位任我們挑選，我們挑的是昨夜坐的那桌。

「看吧，我也感染到默禱會的細菌了。」米蘭達說。我喜歡這裡燈不是每盞都亮，採光昏暗，感覺像時辰比實際上更晚。酒保馬上認出我們，問我們要不要來同一款的紅酒。我問艾里歐是否也想喝巴爾巴列斯科。他點頭，接著提醒我們，他今晚要和一位朋友開車回那不勒斯。他來羅馬是專程見我。

「什麼樣的朋友？」我問。

「有車子可開的朋友。」他回答，擺一副踐臉，搖搖頭，意思是我完全想歪了。

酒上桌後，服務生回吧檯，再端小菜過來。「免費。」他說。

「一定是因為我昨晚小費賞得慷慨。我們八成是打烊前最後走的人。」

我們互敬一杯，祝福對方幸福快樂。

「我們明天參觀完考古博物館，可能會去聽演奏會，如果真的去那不勒斯的話。」

「一定要，一定要。我會調兩張票，你們去售票口領票就可以。」語畢，他穿上毛衣，站起來。「我想說一句話。這句話，你幾年前對我說過，現在輪到我了：我羨慕你們倆。請不要浪擲這份情。」

這兩位是我全天下最在乎的人。

我和艾里歐吻別。然後，我坐回位子，面對米蘭達。「我覺得快樂到極點。」

「我也是。我們可以一輩子這麼快樂。」

「可以。」

「下星期，如果天氣能維持這麼暖，我們到了海邊你家，你想做的第一件事是什麼？」

「我想在火車站叫計程車，回家，換上泳裝，攀岩下去，和妳一同跳水。」

「我的泳裝在佛羅倫斯，沒帶來。」

「家裡多得是。更棒的是：我們可以裸泳。」

「十一月耶？」

「十一月海水還沒轉涼。」

2 華彩樂段

Cadenza

「你臉紅了。」他說。

「才沒有。」

桌子對面的他一臉想笑的模樣，不信我的說法。「你確定？」

我思考片刻，投降。「我猜是有吧？」

我還年輕，討厭被人一眼看透，尤其是對方年紀將近我兩倍、彼此尷尬無言的時刻，但我年齡也不小了，能以臉紅宣讀難言之隱是求之不得的事。接著，我看著他。

「你也臉紅了。」我說。

「我知道。」

在兩小時之前，我在右岸的聖U教堂聽一場室內音樂會，中場時認識他。那天是十一月初某星期日，不冷不熱，典型秋夜多雲的天氣，太陽太早下山，預言著漫長冬季將至。坐在教堂裡的聽眾多數戴手套，有人不脫外套。然而，儘管天寒料峭，進教堂後有一股安適感，聽眾靜靜走進座位，明顯期待音樂洗禮。這是我頭一次進這教堂，我挑最後一排的位子，以防萬一演奏不合我胃口，我想在不干擾現場的情況下開溜。

演出的樂團是弗洛里恩四重奏，今天可能是告別演奏會，我帶著好奇心前來欣賞。這樂團最年輕的樂手極可能年近八旬了。他們常在這教堂演出，但我只聽過這樂團稀有的絕版唱片，只聽過網路流傳的少數幾場演奏會，聽現場還是第一次。他們剛演奏完海頓四重曲，中場之後即將詮釋貝多芬升C小調。那天，教堂裡的聽眾至多四十人，與眾不同的我來得晚，在門口小桌向修女買入場券，而其他人幾乎全郵購取票，手持大張門票進場。在門口，有一位駝背老修女請大家將摺起來的入場券打開，她拿著綠色舊鋼筆，認真記錄每人的全名。她至少八十歲了，同一項任務想必已做過不知多少年，筆大概是用同一枝，手大概同樣抖，字跡也大概同樣古意盎然。入場券印有一組小條碼號碼，或許是想對新信徒傳達教堂與時俱進的印象，但門口的老修女難以抄寫號碼並蓋章。驗票手續牛步，不見觀眾發怨言，只見仍等著進場的幾人微笑表示寬容。

中場期間，我在門口排隊等著喝熱蘋果酒。剛才那位修女現在拿著湯勺，舀酒時幾乎提不動，一絲不苟地舀進塑膠杯。大桶子旁的布告欄貼著一張紙告示，盼來賓捐款一歐元，大家的善款遠超過這數字。我向來不特別喜歡喝熱蘋果酒，但大家似乎躍躍欲試，我只好跟著排隊。輪到我時，我在她的碗裡放下五歐元鈔票，她感謝連連。老修女的頭腦很靈光，看得出我是新客人，問我喜不喜歡剛才的海頓。我興沖沖說，喜歡。

他排在我前面。我付完錢，他轉身劈頭就問：「年紀輕輕，怎麼會對弗洛里恩四重奏感興趣？他們年齡一大把了。」他或許自覺問得太唐突，隨即轉口說：「第二小提琴手——少說也有八十歲了。其他人也年輕不到哪裡去。」

他身材高瘦，儀容優雅，灰白的頭髮末端觸及領子。他穿藍色休閒西裝。

「我一直對他們的大提琴手感興趣，聽說他們年底巡迴完可能解散，我如果再不來，以後恐怕沒機會聽現場，所以就來了。」

「你這年紀的人，難不成沒更精采的節目嗎？」

「我這年紀的人？」我反問，語調驚訝，帶有心靈被刺傷時的反諷。

一陣尷尬的沉默籠罩下來。他聳聳肩，可能以無言代替道歉，作勢想轉身，想走向有兩道門的區域。那裡有人正在抽菸，有人在閒聊，伸伸腿。「進教堂坐，腳總會挨凍。」他說著轉身走向門。這是順口拋出來的結尾語。

我心想，我的語氣該不會太瞧不起人吧？連忙問：「你是弗洛里恩迷嗎？」

「不盡然。我甚至不是室內音樂迷。不過我對他們相當熟悉，因為我父親熱愛古典樂，曾贊助他們在這教堂舉辦的演奏會，現在換我贊助他們，只不過老實說，我比較喜歡爵士樂。我來這裡，是因為我童年常在星期天晚上跟著父親來，現在每隔幾星期還是過來坐一坐，聽聽音樂，也許能想像一下父子同坐的滋味——不過我相信，憑這理由前來聽音樂，未免顯得幼稚。」

父親彈什麼樂器，我問。

鋼琴。

「我父親在家從不彈琴。不過在週末，如果去鄉下別墅，深夜他會去別墅角落彈鋼琴，我在樓上的臥房裡聽得見，感覺這琴手像是流浪兒，彈得鬼鬼祟祟，一聽見樓板被踩出吱嘎聲，馬上歇手。他從不提自己彈琴的事，我母親也沒提過。隔天早上，懂事的我會說，昨晚又夢到鋼琴鍵盤自己動起來了。我認為，他但願能一直當職業鋼琴師，而我相信他也但願我長大能愛古典樂。以他的個性，他鮮少強迫別人認同他的見解，更不會沒事和陌生人搭訕——和兒子的作風完全不同，相信你留意到了。」這時他嘿嘿一笑。「星期天教堂有演奏會，他處事太老練，不找我一起去聽，大概也想索性自己一個去。不過我母親不願他晚上隻身外出，所以叫我跟著去，最後成慣例了。音樂會後，他會買糕餅給我吃。我們倆會在附近坐一下。等我大一點，演奏會之後，他會帶我去吃晚餐。不過，他絕口不提自己彈鋼琴維生的過去，我也不問，因為我當年根本不把這事放在心上。星期天晚上通常是死到臨頭拚作業的時刻，結果陪他聽音樂會，我只好熬夜。不過我很高興陪他去，自己喜不喜歡音樂倒是其次。現在，你看得出來，我仍然照著老習慣來聽。我囉嗦太久了，對吧？」

「你彈不彈鋼琴？」我問，好讓他知道我不介意他多談談。

「不太彈。我追隨父親的腳步。他是律師，我祖父是律師，我也成為律師。父親和我都不想當律師，結果卻……**人生啊！**」他悵然微笑一陣。這是他第二度微笑後聳聳肩。他的微笑來得突然，笑容寬闊而深得人心，令我措手不及，但提到「人生」，他語帶反諷，言談裡的歡樂味淡薄。「你呢？彈什麼樂器？」他忽然轉向我問。我不希望談話就此結束，意想不到的是發現他也有同感。

「鋼琴。」我回答。

「職業或業餘？」

「職業吧，希望是。」

他似乎沉思片刻。

「不要放棄，年輕人，別放棄。」說著，他伸出一手，搭在我肩膀上，態度賢明，略帶傲慢意味。莫名其妙中，我伸手碰他搭在我肩上的手。由於動作如此自然而然，我看著他，兩人相視微笑了，原本他可能早已放下的手因而多停留了幾秒。他轉頭，卻又再看我一眼，令我倏然產生一股衝動，想撲向他，雙手環抱他的上腰部，伸進他外套抱。想必他也有同感，因為在緊接而來的有點僵的靜默中，他繼續盯著我，我也以眼神回敬，絲毫不退縮，直到我忽然意識到，該不會是我會錯意了吧？我這才開始轉移視線。我喜歡他眼神仍逗留在我臉上，令我覺得我外形俊逸有人要，令我想強留那份柔緩撫慰的感覺，也不願從那份感覺裡逃走，只想埋頭鑽進他胸膛。我喜歡他眼神裡那份信諾，那份全然親切無欺的神態。

但隨後，也許是匆忙想為兩人的微笑找台階下，他說：「你來這裡是為了聽音樂，我來這裡是為了我父親。他死了將近三十年了，這裡卻絲毫沒變。」他嘿嘿一笑。「同樣的蘋果酒，同樣的臭味，同幾個老修女，同樣是沉悶的十一月夜晚。你喜歡十一月嗎？」

「有時候喜歡，看情況。」

「我也是。我甚至不喜歡上教堂，只不過，或許我喜歡在這樣的夜晚上教堂……結果嘛，我就來了。」他最後改以法文說。我能意識到，他的話題枯竭了，正在窮找話講。接著，無言了。隨後，他又微笑，笑得熱情、迷人，揉合智慧、反諷以及若有似無的感傷，令我想到，這位溫柔紳士可能不快樂，內心沒有一絲輕盈。

四重奏回台上各就各位，貝多芬即將登場，這時他問我坐哪裡。我不了解他這話的用意何在，只指一指最後一排角落的位子，上面有我的背包和外套。

「選位子很明智嘛。」他了解我心意。「你可別溜走。」他接著說。我認為，他意在請我再給樂團一個機會，不要太早打退堂鼓，但我聽完海頓已改變主意，不再有提前走的盤算。然而，為了澄清他的用意，我直言：「你要我等你嗎？」我很可能用錯語氣了，聽起來像在問老人需不需要我開著門，好讓吃力拿著助行器的他通過。所以我再補一句：「我會在外面等你。」

他沒回應，僅僅點頭。但他點頭並非同意，動作顯得心不在焉、若有所思，像他通常一概不信別人說的話。

「好，有何不可，等我，」他終於說：「另外，我名叫米榭爾。」我向他報名字。兩人握握手。

我原本相信，他會在第一樂章最後溜走，但半小時後，我們依約在教堂台階碰頭，只不過，我隱然覺得他已忘記先前的約定。他正在和兩人講話，三人似乎即將一同前往某地方。但他一見我立即轉身，急忙結束談話，和兩人握手道別。他為了剛才沒能介紹我給兩人認識而道歉。我忙著把圍巾繞上脖子，這是我面對他道歉想轉移話題的方式。我本想顯得訝異他居然等我，居然記得約好了在教堂外會合，卻及時忍住。或者，他在外面等我，為的是再說一聲珍重，然後各走各的？

錯。他提議過橋去一家小餐館吃點東西，不太遠。我告訴他，我把小摺鎖在附近，問他介不介意我牽車一起走。他不介意。這時候是星期日晚間大約十點，街頭大致冷清。「我請客。」他說，要我不必把錢放在心上。我接受了。我喜歡走這段路，特別是因為音樂會期間下了一場雨，卵石路面被街燈照耀得水光粼粼。「簡直像布拉塞[9]的攝影作品。」我說。他聽了說：「是啊。」緊接著他問：「另外，你除了彈鋼琴還做些什麼？」

我注意到，他講話往往以「另外」開頭，或許是想在兩個不搭軋的話題之間搭橋，以緩衝突兀之處，尤其是在觸及稍具刺探性、較為私密的話題時。我告訴他，我在音樂學院教書。我喜歡教書嗎？非常喜歡。然後我說，我每星期固定一天，為了好玩，會去一家豪華飯店鋼琴酒吧免費獻藝。他不問飯店名稱。我暗忖，很圓滑，或者他只為了顯示自己不是那種愛探隱私的人，或許也不關心。

來到橋頭，我們看見兩名巴西藝人，一男一女，正對著大群圍觀民眾高歌。男歌者的歌喉高亢，女聲激昂，兩人合唱的音色優美。牽著單車的我駐足片刻，一手握著把手。米榭爾也停下來，握著把手的另一端，彷彿想幫我穩住小摺。我看得出，他覺得有點彆扭。青年歌者唱畢，橋上所有人鼓掌叫好，兩人即刻演唱下一曲二重唱。我想聽下一首的一部分，沒有起步的意思，但歌聲揚起不久，我們決定走開。來到對岸時，演唱完畢，我們聽見觀眾的掌聲。他看見我轉頭，自己也轉頭看男歌者放下吉他，女歌者則捧著倒放的小帽子，開始遊走

9 譯注：布拉塞（Brassaï），二十世紀匈牙利裔法國藝術家。

觀眾之間。他問，對那首歌熟悉嗎？我說，我熟。他呢？「也許吧，好像。」但我看得出他沒聽過。就像剛才他似乎覺得在橋頭聽巴西音樂，是很不自在的事。

「歌詞是講一個男人下班回家，叫嬌妻盛裝打扮，來外面陪他跳舞。同一條街大家舞得歡聲雷動，最後帶動了全市一起喜悅賁張。」

「意境不錯。」他說。我希望他少一分不安，於是伸手握一握他肩膀。

然而，當他一打開餐館的門，他變得渾然自在。如他所言，這家餐館的確小，但看起來極上流。我早該知道的。他海軍藍外套是名貴的森林牌，印花大圍巾飄逸，更穿著科賽名鞋，行頭能展現身分地位。說是吃點東西，結果竟演變成三道菜的大餐。他點單一純麥威士忌，艾雷之聲是他最愛的品牌，他說。他問我要不要也來一杯。我說，好，但對單一純麥毫無概念。我看得出他能一眼看穿這一點，也許見多了。我喜歡他的談吐，但也因此侷促不安。他向我解釋菜單。「這裡的肉餐不多，」他說：「不過酒窖藏酒豐富，而且我喜歡他們烹調蔬菜的手法。魚餐也非常可口。」他一打開菜單，轉眼又闔上。「我總是點同一道，所以菜單連看也不必看。」他等我敲定菜色。我無法決定。這時，我做出純然衝動的事。我說：「幫我點。」我喜愛這想法，而他似乎也有同感。「輕而易舉。我照老習慣點餐，也幫你點同樣一份。」

他召喚侍應過來，點餐，然後啜飲一口威士忌，對我說，介紹他來這家餐廳的是他父親，而父親也習慣每次點同一道菜。「他有糖尿病，」他解釋，「所以我學會了剔除糖尿病患不該吃的東西。不准吃糖、米飯、義大利麵、麵包，經常連一點牛油都不加。」他一面說，一面拿起普瓦蘭麵包店小餐包，在麵包的末端塗牛油，然後撒一些鹽巴，邊竊笑邊吃著。「我不是凡事照父親腳步走，不過他的影子不太容易躲。我這人充滿了矛盾。」

對話到此出現空檔。他繼續談父親的老習慣，但我有興趣多聽聽他談矛盾，因為從中能一窺這男人的習性，也能知道他如何看待自己。他似乎在猶豫，是該敞開心胸暢談自己呢，或者繼續聊飲食和減肥法。雙方之間甚至微微衍生出一股張力，彷彿兩人都意識到，我們只是隨口聊聊，不慎可能落入言不及義的漩渦。為了沖散彆扭的氣氛，我提起我無緣認識的兩位舅公。舅公是烘焙高手，美名遠播，在米蘭開過三家糕餅店，可惜在大戰期間被指控是社會主義者，因而被押走。「他們最後被送到波蘭的比克瑙集中營。在我小時候，母親常提及她這兩個舅舅。和你父親一樣，他們也在我母親娘家留下長長的陰影。」

「什麼樣的陰影？」他問，不太理解我指的是什麼。

「我母親的蛋糕做得一級棒。」

他開懷大笑一陣。他懂我的笑話令我欣慰。「不過我知道：有些影子永遠趕不走。」我接著說。

「沒錯。我父親的影子一直沒離開我。我繼承他的律師事務所之後兩年，他就過世了。我當時和你年紀差不多。」

說到這裡，他再度打住，思考一會兒，彷彿領會出前所未知的連結，一端是他剛說的話，另一端是我一無所悉的心事。「另外，你知道我歲數大概比你多一倍吧。」

我就是在這時候臉紅起來。這一刻氣氛緊繃而尷尬，部分原因是他太早觸及某話題，也太接近雙方正謹防踩中的紅線，在八字還沒有一撇時寫完整段，該停嘴時不歇口，至少再等一會兒才說也不遲。但他的言論也令我詞窮。在我絞盡腦汁找合適的對應語之際，臉紅必定暗示了我的困窘。也許，他的用意是攤牌，逼我說些話來紓解他心中的焦慮。我拚命想破冰但無能為力。最後，「你一點也不顯老。」我說，力不從心講句顧左右而言他的話。

「我的意思不是這個。」他急忙反駁。

「我懂你的意思。」為了顯示雙方之間零誤解，我又說：「年齡是問題的話，我就不會和你坐在一起吧？」我又臉紅了嗎？但願不要。忽然瀰漫兩人之間的沉默不見得惹他不高興，他再度點點頭，態度同樣若有所思，隨即若有似無搖一搖頭，不是否定，而是在人生順著你心意走的當兒表示難以置信、無言、驚奇。「我不是有意害你尷尬。」

他道起歉來了。

也許不是。

輪到我搖頭了。

「一點也不尷尬。」我說。停一小陣子後，我再說：「現在換你臉紅了。」

他嘁嘁嘴。我伸手到對面握握他，表示友善，希望他不會因此窘迫難安。他並沒有縮手。

「你不相信命運吧？」他問。

「我不知道，」我說：「我從來沒怎麼思考過命運這方面的事。」

我指望的是拐彎抹角的說法，但事與願違。我能意識到他想往哪一方向談，也不在意他坦白，但我也不願這事談得太廣泛。也許，他那一代專找稍嫌難言的話題來探討，我這一代則是，夠明顯的事最好不明講。我習慣不言不語、直來直往的方式，或者只用眼光示意，匆匆發一則簡訊就算數。但是，罩著薄紗、欲語還休的言論讓我的心難如止水。

「照你這麼說，如果不是命運，你今晚怎麼會去聽音樂會？」

他思考著我的問題，低頭不看我，拿起尚未用過的叉子，在桌布上畫線，線條看似淺犁溝，走到麵包碟附近急轉彎。他凝神對付腦海閃現的一個念頭，我相信他無心再思考我的問題。也好，因為我繼而一想，希望他不要再陪我打太極拳了。但這時候，他抬頭看我說，答案再簡單不過了。

「什麼答案？」我問，知道他會提父親。

結果他說的是：「你。」

「我？」

他點頭。「對，就是你。」

「可是，你根本不知道會遇見我。」

「這是無關緊要的枝節問題。命運之路可以往前、倒退、交叉、斜線進行，我們憑事前事後的不牢靠比對法去臆測它的意圖，命運也不在乎。」

我咀嚼著他的說法。「太深奧，對我來說太深奧了。」沉默之雲再起。

「是這樣的，我父親相信命運。」他繼續說。

這人心靈多麼寬容啊，我心想。他意識到我想閃躲這話題，巧口將話鋒引回父親身上。但我不太聽得進去——他也看得出我不專心。接著，他不再說話。他可能仍在天人交戰中，不知如何提起兩人間難以啟齒的話題，所以他才久久看我一眼，然後轉開視線。然而，令我徹底訝異的是他接下來說的話。我們這時站起來，準備離開。「以後能再見到你嗎？我想再和你相見。」

他的問題令我心驚。我喃喃說：「可以，那當然。」口氣倉促，語調薄弱，對方肯定覺得是敷衍之詞。我原本料想，他會講一句遠比「再會」更大膽的話。

「以你的意願為主。」他追加說。

我注視著他。「你明知道我想。」我講的不是酒話。

他做出招牌的點頭動作。他不信。但也不至於不悅。

「同一間教堂，下星期日同一時間見。」

我不敢多說什麼，心想：所以說，今夜沒戲唱了。

我們是最後離開餐館的客人。從侍應徘徊的態度可知，等我們一踏出店門，他們急著馬上關門。

來到人行道上，我們直覺地擁抱，但抱得客套，姿態笨拙，比較像有所保留，不是我在中場認識他時企盼的那種綿長熱擁。他已放鬆手勁了。再一次，我有一股衝動，想撲向他，振臂環抱他。儘管我壓抑，在匆忙之中，想吻頰道別的我無意間親到耳下。這次絕對是酒蟲作祟。我確定他注意到了。但我喜歡這舉動。旋即，我思索一下。太尷尬了，我心想。更尷尬的是，我瞧見沒有拉攏的半透明棉布窗簾間，三位侍應正盯著窗外。他們跟他很熟，想必目睹過許多次類似的場面。

他陪我走向我鎖小摺的地方，看著我開鎖，閒聊著這單車多麼小巧，甚至說他也曾考慮買一輛同款腳踏車。但隨後，在退後之前，他伸一手，掌貼我臉頰，流連不去，令我措手不及，我受到震撼，情緒一湧而上，差點不支。此舉跌破我眼鏡。我要他吻我。**吻我吧，快，只為了化解我一臉慌張也好。**

我看著他原地向後轉，走開。

怎麼能摸完臉就走，我心想，**而且動作還那麼僵硬**。我要他也伸出另一手，用雙手捧我臉，讓我成為兩人之間較年輕的一個，然後深深吻我一口。這感受彷彿我倆剛上過床，他不想再和我講話，然後從人間蒸發。

這種感覺整晚糾纏我，煩得我時睡時醒。道別時夜仍未深，我們大可去別處續攤喝酒。他轉身走時，我可以追過去，說我想請他去附近一家咖啡店——只為了待在一起，不想太早說再見。然而，不知怎麼的，我裹足不前，最後也想到，這星期日原本漫長無趣，萬萬沒想到今晚有這種結果，我也不盡然不高興。也許他有先見之明，有些事情見好就收，急躁的後果是打翻一鍋湯。

我牽著腳踏車，走在宜人的十一月深夜：冷清閃亮的卵石地面、剛才討論過的布拉塞印象、吻他耳下的拙舉、歲數比我大一倍，每件事都提振我精神，令我飄飄欲仙。也許他對事物的理解比我深。如果他理解，那麼，他懂一個我仍懵懂不知的道理：也許我還沒準備好，他也一樣，今晚不行，明晚也太急，甚至連下星期也不妥。想到這裡，我終於開竅，下週日的音樂會可能見不到他，並非因為他不想去，而是因為他已意識到，下週日音樂會前最後關頭，找藉口不出席的人會是我。

＊＊＊

事隔兩晚，我教的高級班即將下課，師生正在練習貝多芬D小調奏鳴曲最後樂章，不料，他出現在教室門口，雙手插進藍色休閒西裝口袋，身段如此高雅的男士姿態稍嫌笨拙，卻絲毫沒有窘迫不安的神情。有六、七名學生正要離開，他為他們開著門。學生魚貫而出，不接手開門，也不謝謝他，他見狀對學生們闊嘴微笑，最後還謝謝大家賞他小費。我大概是笑容堆滿了整張臉。出這份奇招未免太討喜了吧。

「這麼看來，你不會不高興？」

我搖搖頭。**還用得著問？**

「你下課後本來打算做什麼？」

「我通常找個地方喝咖啡或果汁。」

「介意我跟班嗎？」

「**介意我跟班嗎？**」我模仿他口氣。

我帶他到我最愛的咖啡廳。我常在下課後來光顧，有時會有同事或學生跟著來，坐著看人行道上的行人在這時段來去匆匆──有些趕著辦事，有些拖沓著不想回家，不想太早拒世界於門外，也有些人急著從人生一角趕往另一角。四周的桌子全坐滿人。基於我始終無法解釋的原因，我喜歡這種場合，大家似乎全和陌生人湊在一起，幾乎肘碰肘。「這麼看來，我來找你，你真的不會不高興？」他又問。我微笑搖搖頭。我告訴他，我剛才被嚇一跳，現在心情尚未平復。

「這麼說來，是一場驚喜囉？」

「非常棒的驚喜。」

「如果我去音樂學院找不到人，」他說：「我本來打算去附設鋼琴酒吧的每一家豪華飯店找找看。非常簡單。」

「你恐怕會找很久。」

「我準備找四十天四十夜，然後再試試音樂學院。結果是，我先找音樂學院。」

「可是，我們不是約好了，這星期日見面？」

「我不太確定。」

見我既不否認，也不駁斥他的假設，他必定認為自己的疑心果然沒錯。的確，雙方都不提週日音樂會，令他和我都尷尬微笑著。「上星期日的往事讓我很開心。」我最後說。「我也是。」他回應。

「剛才和你一起彈琴的俏佳人鋼琴手是誰？」他問。

「她是泰國留學生，今年大三，很有才華，造詣非常非常高。」

「從你們彈琴時互看的表情，明顯暗示兩人之間不只有師徒情。」

「對，她大老遠來這裡拜我為師。」我看得出他另有所指，於是搖搖頭，對他的含沙射影表達假責備。

「方便我問你晚一點有什麼規劃嗎？」

很大膽，我暗忖著。

「你指的是今天晚上？沒規劃。」

「像你這樣的人難道沒有朋友、另一半，或用情很深的對象？」

「像我這樣的人？」又想重彈上週日的老調嗎？

「我指的是年輕、熱情奔放、明顯能引人入勝，而且俊俏無比的人。」

「我沒對象。」我說著，隨即岔開視線。

我是真的想掃他興嗎？或者喜在心中，不想露白？

「你怕被人恭維，對不對？」

我望著他，再搖一次頭，但這次不帶笑意。

「所以說，沒對象，一個也沒有？」他終於問。

「沒有。」

「甚至連露水情……？」

「露水的事我不做。」

「從來都不做？」他問，幾乎帶困惑意味。

「從來沒有。」

但我聽得出自己的語氣變僵。他意在調侃、刺探、瀕臨打情罵俏邊緣，我擺的嘴臉卻是不懂情趣而執拗，更糟的是自視清高。

「可是，你一定交往過用情特別深的對象吧？」

「有。」

「為什麼分手？」

「我們先是朋友，後來進化成男女朋友，後來她提議分手。不過我們維持普通朋友關係。」

「你交過男朋友嗎？」

「有。」

「怎麼分手的？」

「他結婚了。」

「啊，拿結婚當幌子！」

「我當時也這麼想。不過，現在他們已經結合好多年了。和我交往之前，他就已經和她成一對了。」

起初他不語，但他似乎質疑這種三角關係。「你們兩個維持朋友關係嗎？」

我不確定自己要不要他問這事，但我卻喜歡被問。

「我們好久沒聯絡了。我不認為我們是朋友，只不過，我相信我們的友誼長存。他一向能一眼看穿我，而我覺得他會認為，假如我一封信也不寫，並不是我不把他當一回事，而是因為我內心深處仍在乎他，永遠把他放在心上，如同我知道他還在乎我一樣，所以他也從來不會寫信給我。而我知道，我這樣就知足了。」

「即使結婚的人是他？」

「即使結婚的人是他也一樣。」我說：「何況，」我追加說，彷彿再小的模稜兩可也能因此打消，「他在美國教書，而我住在巴黎——有點成了定局，不是嗎？彼此看不見，卻又永遠存在。」

「一點也不算定局。就算他結婚了，你為什麼不把他追回來？為什麼這麼輕易放棄？」他語調近乎批判，置若罔聞也無法不注意到。他幹麼責備我？難道說，他對我沒興趣？

「多久以前的事了？」他問。

我知道我一回答，他會丈二金剛摸不著頭腦。「十五年。」

突然間，他問不下去了，轉為緘默。如我所料，他沒想到事隔十五年，我至今仍戀棧著一段早已成為泡影的舊情。

「那一段是過去式了。」我說，盡可能補救。

「沒有什麼事是過去式。」但他隨即問：「你現在還想念他，對不對？」

我點頭，因為我不想說「對」。

「你想他嗎？」

「獨處的時候——有時候，會。不過，想念他不會擾動我心情，不會惹我難過。我能一連幾個星期不會想到他。有時候，我想告訴他一些事，卻又擱著不說，甚至連叫自己擱著不說，這想法也能帶給我些許樂趣，只不過，我們可能永遠不會再聯絡了。我懂的事全是他教的。我父親說，床笫之間沒有禁忌；我男友幫我掃除了禁忌。他是我的初戀。」

米榭爾搖搖頭，露出知心的微笑，令我寬慰。「在他之後有多少人？」他問。

「不多。交往時間都很短。有男有女。」

「為什麼？」

「原因可能是我始終不太放得開，沒辦法一頭栽進對方心海。一時的激情過後，我老是退回自治自主的我。」

他喝完最後一口咖啡。

「日後，你遲早該給他一通電話。聯絡他的時候遲早會到。一定會。不過，也許我不該多嘴。」

「為什麼？」我問。

「唉，你知道為什麼。」

我喜歡他剛說的話，但這話令雙方啞然。他終於說：「那就退回自治自主的你吧。」他顯然略過我倆之間剛才的感應。「你是個麻煩人物，對不對？」

「我父親以前也常這麼唸我，因為我凡事拿不定主意，人生無定向，該住哪裡、該主修什麼、該愛誰，全無主張。他叫我專心搞音樂。以後的事，遲早會一件接一件來。他三十二歲才進他那一行——所以我還有一些時間，只不過，如果照他的步調，我時間所剩不多。從我嬰兒期開始，我們就比別家父子來得親近。他是文獻學者，在家寫論文，母親去醫院當治療師，所以待在家換尿布、做家事的人是我爸。我們家請了幫手，不過父子倆總是形影不離。教我愛音樂的人是他——反諷的是，今天下午你來教室時，我正在教的那一首正是他教我的同一首曲子。每次我教到這一首，仍能聽見他的嗓音。」

「我父親也教我音樂。只可惜我成績太差。」

我喜歡這種突然相撞的巧合，只不過，我也不願太大驚小怪。他不停盯著我，不再多說，但隨後他講了一句再度令我無法招架的話：「你真的很帥。」此言完全沒有前奏，不知如何是好的我與其回應，索性試著改變話題，結果話一喃喃出口，我聽見自己講的是比他更無厘頭的話。「你讓我很緊張。」

「為什麼這麼說？」

「不知道。可能是因為我不太清楚你要的是什麼，不清楚你要我停在哪裡，不要再前進。」

「到這階段，應該非常清楚才對。別的不說，該緊張的人是我才對。」

「為什麼？」

「因為我大概只是你的一個小消遣，可能只比露水情高幾階。」

我對他嗤之以鼻。

「另外，順便提一件事——」我遲疑一陣，覺得非說不可才繼續說：「——我不太擅長起頭。」

他嘿嘿一笑。「為了讓我心頭舒坦一點嗎？」

「也許是。」

「呃，回到我剛才說的：你帥得不可思議。問題是，你若非有自知之明，明白外貌的魔力，就是你想假裝不知情——這麼一來，你不只難以解讀，對我這種人來說更是險惡。」

我只無精打采點著頭。我不想讓他覺得，他這話講錯了。於是我瞪著他，微笑著，假如換了一個場合，我會摸摸他眼皮，然後左右各親一下。

夜幕漸漸低垂，這家咖啡店和隔壁的燈紛紛亮起，在他臉龐灑下輝煌、飄忽的光。我頭一次注意到他的嘴唇、額頭和眼睛。我心想，俊男是他才對。我早該稱讚他的，如今讚美正是時候。但我保持沉默。我不想呼應他剛才的恭維語，顯得太勉強太造作，用意是在兩人之間求取平衡。但我確實喜愛他的眼睛。而他仍盯著我看。

「你讓我聯想起我兒子。」他終於說。

「我和他長得像？」

「不是，不過你們年齡差不多。他也愛古典樂。所以我以前常帶他去聽週日音樂會，就像我父親常帶我去一樣。」

「你們現在還會一起去嗎？」

「沒有了。他定居在瑞典，大部分時間。」

「可是，你們還是很親近吧？」

「但願這樣就好了。我和他母親離婚，破壞了父子感情，不過我確定她沒有從中作梗。不過，兒子當然知道我的事，我猜他永遠無法原諒我。或者，他用這事當藉口來和我作對。他二十出頭就一直想和我作對了。為什麼，只有天曉得。」

「他們是怎麼發現的？」

「第一個發現的人是我太太。有天傍晚，她走進家門，發現我在聽抒情爵士樂，捧著酒杯慢慢喝悶酒，只有我一個人。她遠遠望著我，看見我表情，當下就知道我在談戀愛。典型的女人第六感啊！她把手提包放在咖啡桌上，在我旁邊的沙發坐下，甚至伸手拿我的杯子喝一口。她沉默半天才說：『她是我認識的人嗎？』我完全懂她的意思，自知矢口否認也沒用。我回答：『不是女人。』她說：『啊。』我仍記得夕陽餘暉照在地毯和家具上，記得威士忌的煙燻風味，記得貓趴在我旁邊。現在，每當陽光照進我客廳，我仍會想起那一天的對話。她說：『這麼說來，比我想的更嚴重。』我問：『為什麼？』她說：『因為對手如果是女人，我還有戰勝的機會，不過，對手如果是你的本性，那我就沒辦法了。我沒法子改變你。』將近二十年的婚姻就這麼泡湯了。不久後，我兒子一定會發現，果然被他知道了。」

「怎麼知道的？」

「我告訴他的。我誤以為他能諒解。我看走眼了。」

「很遺憾。」我只能這麼說。

他聳聳肩。「人生出現這個急轉彎，我不遺憾。不過，失去他，的確讓我遺憾。他來巴黎從不打電話給我，更鮮少來信，見我打電話過去也拒接。」

他看錶。已經該走了嗎？

「所以說，我找上你，不是不恰當的舉動？」他第三度問，也許是因為愛聽我說「絕對不是」，而我也喜歡這麼告訴他。

「一點也不會不恰當。」

「另外，你也不會為了那天晚上的事不高興？」他問。

我完全明白他指的是哪一件事。

「當時也許會吧——一點點。」

他微笑了。我看得出，他急著想離開咖啡廳，於是我湊近他，肩膀和他互碰。就在這時候，他伸一手摟我，拉我過去，幾乎是催我頭靠他肩膀上。此舉究竟是想寬我心，或只是想討好一個剛對長者談心事、講窩心話的年輕人，我不確定。也許是臨別擁抱的前奏曲吧。因此，憂心告別時刻即將來臨的我脫口而出：「我今晚沒事可做。」

「對，我知道。你告訴過我了。」

但他必然已意識到我很緊張，或者自知口氣不對。

「你是個很棒而且——」他講不下去。

他正要付錢，被我伸手攔阻。我握住他的手不放，直盯他的手。

「你在做什麼？」他近乎厲聲問。

「付錢。」

「不對，你盯著我的手一直看。」

「才沒有。」我否認。但我剛才確實盯著他的手一直看。

「一隻上了年紀的手。」他說。過了一會兒，他再開口：「你沒改變心意吧？」他咬咬下唇，隨即放開。他等著我回答。

然後，由於我想不出該對他說什麼，卻仍覺得非說一句不可，什麼話都好，我說：「我們先別急著說再見，還不是時候。」但我明瞭到，這句極可能被解讀為要求在咖啡廳多待一小陣子，所以我決定斗膽說：「今晚別讓我回家，米榭爾。」我知道，我講這句話時紅著臉，講到一半已經心慌慌，想找台階下，想收回這句話，這時候，他跳出來解圍。

「我剛也內心掙扎，想講同樣的話，結果又被你搶先一步。事實是，」他繼續說：「我不太常做這種事。其實我好長好長一段時間沒做過了。」

「這種事?」我說，語帶輕微的譏諷。

「這種事。」

不久後，我們離開咖啡廳。牽著單車走，我們散步了少說二、三十分鐘，才抵達他家。他本來提議叫計程車，但我說我比較喜歡走路，而且，這輛腳踏車不太容易摺疊，司機也老是抱怨。「我愛你這輛車。我喜愛你有這樣的腳踏車。」他霎時縮口：「我在講無聊話，對不對?」我們肩並肩走著，彼此距離不到一英尺，兩人的手擦撞不停。後來，我伸手牽他，握了幾分鐘。我心想，這樣可以破冰。但他保持沉默。在卵石街頭再前進幾步，我才放開他的手。

「我真的很愛這種事。」我說。

「這種事?」他逗我。「你指的是布拉塞印象?」他問。

「不對，是你和我。這是早在兩天前就該做的事。」

他低頭看人行道，微笑著。我該不會是操之過急吧?我喜歡今晚重演了第一晚的散步記。人群圍觀著橋頭二重唱，水光閃爍的卵石板岩，附有置物包的單車最後被我找根柱子鎖好，他隨口說說他也想買同一款腳踏車。

我一直無法忘懷、不斷在我們的夜遇灑下光環的是，打從我們認識的那一刻起，我倆的想法如出一轍。當我們唯恐兩人想法不同調，或覺得讓對方措手不及，原因只是我們不信任何人的想法和言行怎可能和自己一致，所以我在他面前才如此羞怯，信不過自己的七情六慾，發現雙方能如此輕易卸下心防時樂得直衝青天。星期日至今，我終於能有話直說了，感覺多暢快：**今晚別讓我回家**。週日夜他看穿我臉紅的玄機，讓我想承認我臉紅，他卻也承認自己臉紅了，感覺多美好。前後相處不到四小時的兩人，仍能瞞著對方的祕密有可能少到這種地步嗎？我這個膽小鬼私藏了什麼見不得人的祕密，我不禁想著。

「我說從來不搞露水情是騙你的。」我說。

「我想也是。」他回應，幾乎否定我這句聲明背後的掙扎。

他終於帶我走進電梯。在典型的巴黎小電梯裡，兩人之間容不下空隙。我問：「你可以抱我了吧？」他閉上單薄的電梯門，按鈕到他家樓層。我聽見馬達砰然鏗鏘聲以及電梯奮力爬升的聲響，這時候，他忽然不只抱我，還雙手捧住我的臉，對我深吻。我閉眼回吻。這一刻我已經等候多時。我記得的唯有古舊電梯摩擦聲和努力上樓的聲音，內心則不斷希望這聲響永遠不休止，電梯也永遠不要停。

後來，他關上公寓門，輪到我主動吻他，如同他吻我一樣。我知道他比我高，也意識到他力氣比我大。我只想讓他知道，我毫無保留，也不打算保留。

「也許我們該好好喝一杯再說，」他說：「我有幾瓶上等單一純麥。你喜歡的是單一純麥，正確嗎？」

扯到酒令我完全意想不到，特別是這時的我即將放下背包、脫掉外套和毛衣、叫他再抱我。我心跳如鼓，儘管這種事對我來說並非陌生，卻突然彆扭起來了。我不停希望他不要再走來走去，但我不發聲，只慢慢放下背包，擺在扶手椅上。

「想不想脫掉外套？」他問。

「待會兒。」我說。

「我喜歡你的背包。」他轉身說。

「別人送的。一個朋友——」我見他面露遲疑的神色，趕緊補上：「一個普通朋友。」

他指向沙發，要我坐下，說他去拿酒杯來。所以我坐下。不知何故，我忽然覺得冷，所以在他進前廳時又站起來，緊靠著暖氣機。我覺得暖氣不夠強，索性伸出雙臂抱著暖氣機。

「你還好吧？」

「還好，只是冷而已。」我說。我差點不想告訴他，我忽然快凍成冰棒了。

「那麼，我去關窗戶。」他去把窗戶關上。

威士忌要不要加冰塊？

我搖搖頭。

但我不走，繼續把雙手和身體正面貼向暖氣機。他把酒杯放在咖啡桌上，從我背後走來，開始按摩我肩膀。我喜愛他推拿頸部和肩胛骨的動作。

「舒服點了吧？」他問。

「再來，」我說。這時，不知道為什麼，我又說：「我說過了，我會緊張。」

「因為我的緣故？」

我拱起肩膀，知道他明白我的意思是「不知道」，說不定不是你的緣故，和今晚也無關，誰知道為什麼呢，繼續按摩就是了。

他的手勁強。正如我想讓他知道的是，他知道他每在我顱骨正下方按一次，引發一股最澎湃的震顫順脊椎向下竄，我就一點一滴屈服。按摩完畢，他雙臂擁抱我，胸貼我背部，雙手在我腹部交握。假如他的手往下移，我也不會介意，但他的手停留在腹部。我知道他考慮過，因為我意識到千分之一秒的遲疑。輕輕地，他拉我向沙發。

然而，他接下來的動作是倒兩杯威士忌，忽然想起什麼，衝進廚房，端兩個碗回來，一碗是堅果仁，另一碗是迷你鹽餅乾。他在沙發另一端坐下，我們碰杯互敬對方，喝第一口。他想知道我心裡在想什麼。我不知道我在想什麼。於是我說，雖然我對單一純麥還不熟，卻也喝得滿意。他拿起那碗堅果仁請我，看著我吃幾顆，然後整碗放回咖啡桌上，自己一顆也不動。我再飲一小口，告訴他，我還是覺得冷。「我可以改喝茶嗎？」我想喝什麼茶？他家有很多種茶。我回答，什麼茶都行，熱的就好。進廚房前，他順路摸我臉頰和頸側，令我想起母親。我身體不適的時候，母親會如此摸摸我，看我是否發燒。但他的摸法不同，我會心一笑。幾分鐘不到，微波爐嗶一聲不久，他端茶回來。我雙手捧著暖暖的茶杯。「感覺好太多了。」我說。茶居然讓我這麼快樂，我差點笑了。

他再次起身，去播放音樂。

我聆聽片刻。「巴西音樂？」

「答對了。」他似乎在自鳴得意。他說這張CD是昨天買的。

從我的微笑，他知道我能推斷他買CD的理由。

我懂不懂葡萄牙文？他問我。

懂一點。他懂嗎？

一個字也不會。

兩人聽了笑起來。他和我一樣緊張。

我們的話題多半環繞著以前的對象。他的前任是建築師，幾年前移民去蒙特婁了。「你的呢？」他問：「我指的不是結婚的那個。」如此看來，他仍記得那位離我而去、令我人生方寸大亂的男人。我告訴他，我交往最久的一個對象是小學同窗，將近十五年後才重逢，地點是一家同志酒吧，位在羅馬近郊不入流的地段。重逢時，我震驚的是，對方向我告白，在我們八歲那年，他就暗戀我。我告訴他，我九歲那年迷他迷得神魂顛倒。他當時為什麼不講呢？我當時為什麼不講？為什麼彼此偵測不出對方的心意？長大後重逢了，我們只想把枉費的那幾年一口氣補回來。我認為，我們當時無法相信命運之神多麼眷顧我們。

「你們在一起多久？」

「不到兩年。」

「為什麼分手？」

「我以前認為，斷送感情的原因不外乎日常生活太平淡。不過，原因沒有那麼單純。他想領養一個小孩，甚至要我當孩子的爸。他追求的是合組一個小家庭。」

「你當時不想嗎？」

「我不知道我不想。我那時只知道，我還沒準備好。當時的我全心擺在音樂上，到現在也如此。真正的實情是，當時我等不及想恢復獨居生活。」

他對我露出狐疑的表情：「你講這話，該不會是想對我發出預警？」他問。

「我不知道。」我以微笑掩飾尷尬。他問得太早了。但話說回來，假如我是他，我也會提出相同的疑問。

「也許我不該多嘴。不過，我是從我的角度看待這事。年齡。我相信你也想過不只一次。」

「年齡不是問題。」

「不是嗎？」

「我星期天就說過了。太健忘了吧。」

「我不記得了。」

「你記性衰退了。」

「那天我太緊張了。」

「我就不緊張？」

「在小餐館外面互道晚安後，我就不曾停止想念你。那幾天，上床時想你，醒來也想你，整個星期一魂不守舍，基本上是不停臭罵自己。我甚至不敢相信，你現在竟然坐在我家。」

他歇口看我，只說：「另外，我想吻你。」

比上次在電梯接吻，這次更令我訝異。這一吻令我覺得，我們從未接吻過，也覺得剛才走路回家時不牽手的忐忑陰影尚未被排除。他放下酒杯，挪過來坐我旁邊，輕輕吻我唇，態度近乎羞怯。在此同時，伴隨電梯之吻的聲響持續傳來，穿破微弱的巴西歌聲，不斷提醒著我。在老爺電梯上升下降的伴唱聲中接吻，宛如在鄉間雨點打得屋頂滴答響時接吻。我也想到，我喜歡電梯聲，不希望電梯停息，因為電梯聲對我下魔咒，讓我覺得舒適、受保護、安全，也因為，在不干擾屋內居民的情況下，電梯聲代表客廳外另有一片天，令我聯想到，此情此景並非純粹是想像。他真正想要求的或許是，我們應該慢慢來，急不得，假如有必要時，如果進展超出我或他的期望，不妨後退幾步。我從來沒在緊要關頭放慢腳步過。這時候，他再度吻我，動作同樣輕柔。

「感覺好多了吧？」他問。

「好多了。再抱我一次，拜託你。」我想被抱著，想伸雙手包圍他。我喜歡他毛衣貼我臉的感覺，喜歡羊毛味，腋下隔著毛衣散發一股淡淡氣息，不可能不是他的體味。

於是我低詠著葡萄牙語的歌詞：

De que serve ter o mapa se o fim está traçado
De que serve a terra à vista se o barco está parado
De que serve ter a chave se a porta está aberta

「翻譯。」他說。

終點已知，地圖有何用？

船已下錨，陸地有何用？
門已敞開，鑰匙有何用？

他說他愛這歌詞，請我重複一遍，我再翻譯給他聽。

不久後，他說：「我們躺下吧。」他帶我進臥房。我正要解開襯衫的鈕釦，他卻說：「不要。讓我來。」我想比他先裸身，但不知如何啟齒。所以，我隨他解開我襯衫的鈕釦，不碰他的衣褲。他似乎不介意。「這是因為——」他遲疑一會兒，「我特別重視這件事。」他說。

我們躺下後互擁，索求彼此的嘴。但我能意識到，我們仍搖擺不定，晃晃悠悠，不知缺了什麼。我們欠缺的不是激情，而是信念。也許是我們腳步放太慢了，導致全面停擺？難道是我讓他失望了？我們的心意也慢慢在轉變嗎？他必定也有同感；這種現象雙方都無從隱瞞，也不可能沒留意到。他凝視我，只說：「能讓我取悅你嗎？放手讓我來，我非常想這麼做。」

「你想怎麼做隨便你。你現在就讓我很快樂了。」

聽見我這麼說，他迫不及待再一次吻我，解開我襯衫最後一個鈕釦。「介意我脫掉你的襯衫嗎？」什麼驢問題嘛，我嘀咕著點頭。在他幫我脫衣服之際，他又說：「我愛你的肌膚，我愛你的胸膛、你的肩膀、你的氣味。你還冷不冷？」他問，手不停愛撫我的胸部。

「不冷了。」我說。

隨後，他再發奇招：「我提議我們去沖個熱水澡。」

我看著他的眼神想必是徹底不解：「好，」我說：「我們去吧。」

他和我下床，走進浴室。這一間比我整個客廳來得大。

在玻璃隔間的大浴室裡，地板上排著瓶瓶罐罐，數目之多令我暗暗稱奇。他捧來四條摺好的海軍藍毛巾，說：「兩條給你，兩條給我。」為了緩和氣氛，我們邊脫衣服邊撫摸之際，我問這裡早上是否供應早餐。他回答：「飯店的所有住客都能享用免費早餐，菜色悉聽尊便。」再吻時，我倆皆赤裸勃起。

「閉上你的眼睛，信任我，」他說：「我想讓你快樂。」我不知道他打什麼主意，但我照他的意思閉眼。我聽見他拿來一條小毛巾，立刻嗅到沐浴乳的香味，因為這種沐浴乳的洋甘菊香令我聯想起父母家。儘管外面秋夜正濃，這香味瞬間帶我飛回盛夏義大利，讓我在這個不是我家的家裡感覺好自在。他開始搓洗我身體，我放鬆心情，盡情享受。「別睜開眼睛。」他說，抹著香皂輕撫我的臉，然後問他能不能幫我洗頭髮，我說當然可以。他把洗髮精搓揉進我頭髮，在滋潤過程，我聽見他洗澡聲，隨後感受到他伸手再三為我按摩頭皮。「不准你作弊偷看。」他說。從他的語氣，我聽得出他在微笑，幾乎是在笑兩人在淋浴間裡做的傻事。

洗完澡，我眼睛依然閉著，他打開玻璃門，扶我一步步走出去，堅持為我擦身體、頭髮、背部、腋下，然後扶我進臥房，叫我躺在他床上。我喜歡知道自己赤裸，被人盯著看，喜愛被如此呵護，喜愛他為我塗抹乳液。每當他再多倒一些進手心，抹遍我全身，我感覺更加舒暢。我覺得像個襁褓中的幼兒，被父母親清洗擦乾，心思因此再度飄回往昔，回到童年最早期，被父親抱在懷裡沖澡。當時我大概才一歲，至多兩歲大——為什麼往事一股腦逆流而來？為何這情景忽然讓我從箱子裡解脫，不再無緣品味夏日氣息、光影、聲響、花草香？為什麼我覺得像被拖出牢籠，彷彿我長年是階下囚，獄卒不是別人，正是我自己？這乳液到底是什麼，為何給我一種從未有過的感受？我對這男人有何要求？我能給予他什麼樣的回報？他費這麼多心思，全是因為我說我緊張，因為我警告過他，我很難起步？我讓他隨心所欲，因為我好喜歡這種感覺，也覺得魅力滿檔，因此反過來更加渴求他，渴求的心意勝過我在教堂忍住擁抱他胸膛的衝動。我以為知道他即將做什麼，但他的下一個舉動再度令我措手不及，因此當他終於叫我睜眼、正面看他之際，我把身心全交付給他。在我們一次又一次熱吻時，我不必說話，用不著思考，什麼事也不用做，只需把自己許諾給他——他似乎比我更懂我身心，更明瞭我的慾求，因為他從在教堂對我開口、我摸他手的那一刻起，一定已經對我瞭若指掌。早在他叫我在教堂外面等他，然後請我吃晚餐，他就明瞭了。早在第一晚半途決定不去某地，陡然道別，他就知道了。早在他見到我動不動臉紅，然後為了看我有何反應再稍深入探究，他就理清我的虛實了。他早已知道我失魂已久，知道我如今才發現靈魂一直在我自己心裡沒飄走，只是不知藏在哪裡，沒有他的引導找不到。我想說，**失魂了，失魂了**，隨即聽見自己喃喃說著，**我失魂多年了**。「不要。」他說，彷彿擔心我即將淚崩。「說我沒弄痛你吧。」他說。我點頭。「不行，要說：『你沒弄痛我。』要講得像真心話。」我說：「你沒弄痛我。」「再講一遍，愈多次愈好。」我說：「你沒弄痛我。」因為這是真心話，「你沒弄痛我，你沒弄痛我，你沒，你沒。」即使說再多次，超出他的要求之際，我隨即明瞭到，他為我做的事是想幫助我拋開今晚所有包袱——我的想法、我的音樂、我的夢想、我的姓名、我的情路、我的顧慮、我的腳踏車，一切全拋向客廳裡的夾克和背包，塞進小摺上的置物包，鎖在路標上，留在樓下，然後我們才搭電梯上來。如今，在我倆交媾之際，電梯又發出明顯吱嘎聲，因為不曉得哪一樓的住戶按鍵叫電梯下樓，不久即將踏進電梯，關上薄門，搖搖晃晃升上不知哪一樓，而我不在乎他上哪一樓，因為，如果我腦裡有這些混沌的想法，這是因為每當我拚命想著我沒發瘋，其實心裡明白得很，現實世界正從我意識中潺潺流失，而我拚死拚活只想握住現實，再小塊的現實也不放手，結果還是抓不住，在現實消逝時感受到極樂。因為我愛的是他看見我失神了，即使在他對我做出這世上最大方的事之際，我要他從我臉上看出這表情。他大方的是一直等一直等，我則照他要求，不停重複說，沒有弄痛我，沒有弄痛我，直到我不知不覺乞求他不要再等了，因為這是禮貌性的要求，希望由他為我作主，因為到這地步，他的身體比我更明瞭自己的身體。

＊　＊　＊

兩人首度見到彼此一絲不掛，親暱到不能再親暱的時刻中，曾有短暫一縷尷尬。當時我們在淋浴間裡，他握住我陰莖，我臉上有肥皂所以睜不開眼。「我不曉得怎麼問這種事，」他當時說：「呃——」他再次猶豫一陣。

「什麼事？」他這時害我好緊張，而我連眼皮都無法打開。

「你是猶太人嗎？」他終於問。

「連這個也問？」我說，差點笑出來。「你看不出來嗎？」

「我是想排除最明顯的一點，根據其他事實來猜測。」

「最明顯的一點大剌剌的。你見過多少個猶太人或穆斯林裸男？」

「一個也沒有，」他回答：「你是我破天荒第一個。」

突如其來的坦白令我更加亢奮，我讓他的身體再貼緊我一些。

＊＊＊

下人進出口的門被重重摔上，震醒我和他，他急忙解釋：「是法碧歐拉。」他說：「她老是讓風把門颳上。」我看錶，發現已經上午八點多，而我十一點有課。但我覺得一身懶骨頭。反觀他，原本抱著我，已經鬆手坐起來，他兩腳像是正在摸索拖鞋。

「回床上嘛。」我說。

「什麼，你還要？」他問，佯裝震驚樣。我愛被他從背後摟抱，喜歡他對著我脖子吐氣。我毫不保留。

昨晚，我們剛做完愛，我猶豫了一下，考慮該穿衣服告別了。「你該不會想下床吧？」他當時問。

「上廁所。」我說。

我撒謊。

「不准你走喔。」

「不走。」我再度撒謊。

儘管事後告辭是慣性使然，我當時是真心想走。我本想解釋，性愛過後我總是趕快打退堂鼓，原因若非我想走，就是因為我意識到主人等不及攆我走，因為我幾乎每次都想看露水情人辦完事馬上出門。**襪子快穿好啦，乾脆塞進口袋算了，總之快走啦**。辦完事我想走，但走得太急不好看，所以我甚至熟練了一套拖延術，表現得漫不經心而客氣，就像對方其實也急著送客，見我婉謝飲水或點心，有時還得假裝惆悵，我則是趕著甩開他的事物，甩開他頭髮和床單和毛巾的氣味。眼前這狀況略為奇特，而我不想說什麼。我不太想下床，但也不懂如何判讀他臉上的訝異，遑論信任那副訝異的神態。然而，從我們走向他公寓的途中，從我享受著兩人的手持續若即若離的感受，我一直注意到，這場性愛也不見得能打滿分。

昨夜做完愛，他說我們應該出去找東西吃。「我肚子餓了。」我附和他：「我也是。」「不過我們最好動作快一點。」我和他這才發現，時辰已過午夜。「我們是不是一副剛搞過的樣子？」我說：「對。」「也許別人看得出來。」「我想讓他們知道。」「我也是。」

這家餐廳很小，人聲卻鼎沸，常夜深不打烊。這家的服務生也對他很熟，有些常客也認識他。我倆不到十五分鐘前做過什麼事，假如啟旁人疑竇的話……想到這裡，兩人不禁覺得刺激。

＊＊＊

「我想再抱一下。」我這天早上說。

「抱一下就好？」

轉眼間，我的雙腿已緊緊纏住他的腰。

「另外，方便我問你一件事嗎？」他說。他的臉近到不過一英寸，一手貼在我額頭上，為我撩開眼睛上的頭髮。

我不知道他想問什麼——我猜想，也許跟我倆的肉體有關，也許是比較尷尬的事，例如床功，或者是想提保險套的事？

「你今晚忙不忙？」

我聽了差點笑出來。「完全沒事做。」我說。

「要不要去我們那間小餐館？」

「幾點？」

「九點？」

我點頭。

我忘了那間小餐館的詳細地址。他告知街名。然後，他盡量以不往自己臉上貼金的口吻說，店主有時會空一桌供他使用。「我常帶客戶去吃午餐或晚餐。」

「也帶其他人吧？」

他微笑。

「不告訴你。」

他必定通知過女傭，家裡有客人——也許是趁我在淋浴間的時候——因為他帶我參觀飯廳時，桌上已擺著兩人份的早餐，有咖啡，有琳瑯滿目的好東西、麵包、起司、看似手工製作的果醬。他說他喜歡榲桲果醬和無花果果醬。多數人喜歡漿果類果醬和橙皮果醬。「你愛吃什麼隨便你。」

他趕著去上班。「那就約九點？」

我們一同出門。我告訴他，我想騎車回家換衣服，然後去音樂學院，之後和同事有個午餐約。為何全盤托出一整天行事曆，我不知道。他聽著，看我開單車鎖，再次讚嘆小摺的骨架，叫我下次不用鎖，摺好帶上樓即可。然後，他站著，和上次不同的是，他看著我騎走。

然而，現在回家還太早，所以我騎進一條街，轉向另一條，騎過橋，方向不計，急著找一家麵包店停靠，再喝一杯咖啡，想著他，不願今早的事件沖散昨夜的感覺或記憶，不想淡忘最後狂吻的滋味，而當時我只喜歡聽著四下無聲，聽見老爺電梯令人寬心的上升下降運轉聲，每次都提醒我，我倆不再是最後進電梯的人。

通常我會遺忘夜裡發生的事，忘不掉也會盡量收起來。這不難辦到，因為夜事鮮少超過一、兩小時。有時候，感覺像根本沒發生過，我也樂於不記得。

在這無雲的上午，我坐下來，津津有味看著別人趕著去上班，自己則覺得像在過加長版的耶誕節。昨夜的性事沒有特殊之處，但我喜歡他事事關照的用心，從他遞給我毛巾，到他呵護我身體、我的歡愉、凡事都不含糊，總是親切而懂得變通，帶有一份幾近服從的模樣，崇敬著年紀是他一半的肉體。我甚至喜歡他不停搓摩愛撫我的手，然後揉我手腕，只求我信任他，眼睛閉著，別無所求。他只搓揉我手腕，輕輕按在床上，動作之親切人間僅見。在他之前，為何無人如此牽我手腕，以如此細小而似乎微不足道的愛撫，帶給我莫大的快感？如果他忘了，我下次會請他再像昨夜揉我手腕。

我放下報紙，不經意豎起抓毛絨夾克的領子，臉被領子磨蹭到，令我聯想起今早再度做愛時他的鬍碴頰。我要我的外套染上他的氣味。他的刮鬍水是什麼品牌？香味若有似無，但我想知道。明天早上，我會記得以臉揉揉他臉頰。

這時候，我想起父親。他曾說，過幾星期，他想來巴黎慶祝耶誕節。我心想，不知屆時米榭爾是否和我仍是一對。我希望介紹他給父親認識，不知他對米榭爾有何感想。他和米蘭達答應這次帶兒子過來——他說，我應該再見同父異母的弟弟一面。我想帶他們來我這間咖啡店。屆時，如果米榭爾仍是我的人，米蘭達和我會靠邊坐，觀察兩個男人如何判斷誰比較年長。

一整天，我在微醺的氤氳中度過。三個學生，外加課前花十五分鐘準備的一堂講習。午餐，我滿腦子是今晚的晚餐、單一純麥、堅果仁、鹽餅乾，以及他再度捧毛巾過來，兩條給我，兩條給他。今晚，他會像昨天那麼周到嗎？或者，他會變成一個我不認識的人？我希望最稱頭的襯衫熨燙得整整齊齊，檢查一下，果然不錯。我考慮打領帶，但想想又作罷。我梳好頭髮，卻等不及讓他空手拂過我額前。出門後，我直奔附近一家鞋匠，請他幫我擦皮鞋。

我認為我很快樂。我打算這麼告訴他。**我認為我很快樂**。才約會第三次，我自知這種話少講為妙，但我不在乎。我就是想說。

晚上，我到小餐館，找不到他，同時赫然發現自己不知道他姓什麼，羞得無地自容，驚慌失措到極點。我絕對不敢自稱我想找米榭爾或米榭爾先生。然而，在我有機會講這種糗話之前，一名侍應認出我，連忙帶我到三天前的同一張桌位。我忽然想到，儘管米榭爾否認過，在這裡稍微顯得不協調的小男伴，我絕非頭一個，工作人員一眼就認得出，來人又是米榭爾招待的對象。我略為惱怒，但想想決定不要胸懷牢騷，不讓這種疙瘩惡化成膿瘡。也許是我想像力太豐富了。說不定我真是太會想像了，因為侍應帶我來到離門口不到五步的桌位時，米榭爾已經坐著淺酌一杯開胃酒。思緒紊亂的我一時不察，他其實一直盯著我看。

我們擁抱一下，然後把持不住的我告訴他：「今天是我一整年下來最美好的一天。」

「為什麼？」他問。

「我還沒理解出原因，」我說：「不過，很可能和昨晚脫不了關係。」

「以我而言，原因是昨晚加上今早。」他微笑說。他不諱言喜歡今早匆忙的小續集，令我欣喜。我喜歡他的心情、他的微笑，喜歡他的一切。一陣沉默之後，我忍不住了：「你是個很棒的人，我一直想告訴你，你真的很棒！」

我一攤開餐巾才發現，我胃口全失了。「我一點也不餓。」我說。

「這下子，很棒的人是你才對。」

「怎麼說？」

「因為我也不餓。我本來不想說的。我們乾脆回家吧。也許吃個點心就好。要不要來一杯單一純麥？」

「單一純麥。配堅果仁和鹽餅乾？」

「絕對要配堅果仁和鹽餅乾。」

他轉向領班說法文：「代我向主廚致歉，我們改變主意了。明天見。」

來到他家，連喝酒吃點心的想法都飛向九霄雲外。我們剝光衣褲扔向地板，跳過沖澡，直接上床。

那週四晚間九點，我們在同一家餐廳再見面。

週五見面吃午餐。

同一天共進晚餐。

週六早餐後，他說他想開車下鄉，**如果我有空**，也歡迎我同行。他的邀約語氣審慎，是他典型的謙遜，略帶反諷，暗指他絕對能體諒我行程另有安排，他也絕不過問婉拒的理由、行程的時間、地點、對象。但邀約既然已說出口，他一不做二不休：「我們可以星期天晚上才回來，及時趕上紀念認識滿一星期的音樂會。」他的神色略顯靦腆，我無法分辨原因究竟是共度週末的邀約，或是坦然承認我倆已有「認識滿一週」可慶祝。為了沖淡他慣有的含蓄，他趕緊追加說，假如我願與他同行，他可以載我回公寓多帶幾件暖和的衣物——鄉下夜晚比較冷——他會在車上等我一起開車出發。

「去哪裡？」我問。我以這方式匆忙表達：**我當然想一起去**。

「我在鄉下有棟房子，離市區車程差不多一個鐘頭。」

我打趣說，我覺得像灰姑娘。

「怎麼個像法？」

「時鐘在什麼時候敲十二下？蜜月什麼時候結束？」我問。

「該結束就結束了。」

「有保鮮期限嗎？」

「廠商尚未決定保鮮期限，所以我們自行決定。更何況，這不能相提並論。」他說。

「你該不會逢人就說同樣的話吧？」

「對。我的確說過。不過，你和我有非常特別的地方，這對我而言是徹底不尋常的現象。如果你願意，我希望藉這週末證明給你看。」

「很不錯的藉口。」我說。兩人都笑了。

「反諷的是，我甚至有可能證明給你看，然後呢，又能怎麼辦？」他看著我。「另外，如果你想知道，那才是令我心驚肉跳的部分。」

我大可請他多做說明，但我再次覺得，再說下去，可能扯出我倆都不願誤觸的領域。

車子開了一個多小時，終於到了。他的鄉下別墅既不是布萊茲海德莊園[10]，也稱不上是《此情可問天》裡的霍華茲莊園。「我在這房子裡長大，」他說：「房子大而陳舊，終年日夜冷冰冰。連幾輛腳踏車都老舊不牢靠，一點也不像你的小摺。樹林另一邊的下坡盡頭有一座湖，我喜歡那裡。那是我充電的地方。我待會兒帶你去看看。另外，這裡有一台史坦威舊鋼琴。」

「太好了。調過音嗎？」

他狀似微微尷尬。「我請人調好了。」

「什麼時候的事？」

「昨天。」

---

10 譯注：作家伊夫林・沃《故園風雨後》（*Brideshead Revisited*）裡的場景。

「我猜，沒特定理由吧。」

「沒特定理由。」

我倆都笑了。正因時有這種突如其來而光彩奪目的親密交流，我才想吶喊：好幾年沒有和任何人擦撞出這種火花了。

我伸出一手摟摟他肩膀。「所以說，你料到我會來。」

「不是料到。是希望。」

他帶我參觀房子一圈，然後陪我走向大客廳。

我們不盡然是入內，只在客廳門口駐足，猶如十七世紀西班牙畫家維拉斯奎茲為兩位君王作畫時的兩個旁觀者。客廳中間鋪著一大張波斯地毯，周遭歷久彌新的木頭地板金光閃閃，顯然是歷年不斷拋光的成果，嗅得到打蠟的氣息。「我一輩子記得，」米榭爾說：「每學年在秋天開學時，週末爸媽帶我們來這裡，感覺多麼寂寞。那些日子，總覺得像陰雨綿綿的星期天，從早上九點開始，一直到冬天來了才停。到了下午四點，我們開車回巴黎，在車上覺得精疲力竭，講不出話。我父母在心裡恨對方，只差沒說出口。唯一能撩起欣快感的是——如釋重負多於欣快——星期日傍晚，我們回到巴黎的公寓，打開門鎖，燈一盞一盞開，直到氣氛似乎復活了，因為音樂會在望，我的整個世界才從催眠狀態甦醒過來。能對我催眠的是學校功課、晚餐、母親、寂靜、寂寞，最慘的莫過於過不完的童年。再可惡的仇家，我也不會詛咒他們在這房子裡度過我那種童年和青少年時期。人生像在候診室苦等，永遠輪不到我。」

他見我在微笑。「我在這裡只有做功課和打手槍。在我看來，整棟豪宅上上下下，我在每一個房間裡都做過功課。」

「也打過手槍。」

這話逗得雙方都笑了。

在飯廳，我們吃了一頓素簡、近乎節儉的午餐。據我推斷，他通常在週六近中午開車過來，週日下午回巴黎。「習慣。」他解釋。

這棟L形的房子占地遼闊，門面採十八世紀末帕拉弟奧風格：分外樸素，不擺架子，對稱無奇，幾乎顯得單調，或許能說明節制卻不失熱情的底蘊。此外，直角形狀的一區也顯得神祕，能另創一親密空間，圍出一座半封閉式、悉心照料過的義大利庭園。複折式屋頂設有屋頂窗，我一看就想到樓上有個寒颼颼的房間，有個寂寞的男孩不知日後將和我熱戀，乖乖坐在書桌前做功課，內心醞釀著無奇不有的淫念。我同情當年那位男孩。母親總是逼他帶作業來這裡做，所以他說，他來這裡能做的事不多，能享受到的歡樂更少。

我問他在學情形。他的母校是J中學。「我討厭學校，」他說：「不過我父親有時會來學校找我，幫我請假幾小時，不准我告訴別人。J中學是他的母校，所以在上班日跟著他逛學校附近，進出商店，感覺像溜進一個兒童止步的喜樂成年世界。而我相信，溜進我的兒童天地是他重溫中學生活的方式。只不過，他慶幸天神能把那段日子永遠鎖在過去。他說，如果我討厭上學，他也不驚訝。有天下午，教室沒人，我帶他進去參觀，他看了滿臉疑惑，說，完全和戰前是同一個模樣。他說，在深褐色的J中學教室裡，老木桌的臭味仍充斥全教室，黃昏西斜的日光——能捻熄男生所有邪念——依然橫掃深褐色家具上的灰塵。」

「你懷念他嗎？」

「懷念他？不盡然。也許是因為和八年前過世的母親不同的是，他在我心裡不算真的過世了。他只是不在人間。有時候，感覺像他有可能改變心意，從陰間的後門再溜回世上。所以我才不太哀悼他。他還在，只不過是去了別的地方。」他沉思片刻。

「我保留了他多數東西，特別是他的領帶，也保留他的步槍、高爾夫球桿，甚至留下他的古董木製網球拍。我以前常認為，我留著這些東西是當作紀念品，就像我用塑膠袋密封住他的兩件毛衣，希望保留他的氣味。我拒絕接受的不是死亡，而是滅絕。木拍扭曲了，我絕不會用，球拍線是老舊的羊腸線。我兒子現在有幾個小孩了，我遺憾未能和他親近，主要不是因為我知道我會是個絕佳的祖父，而是因為我但願他能認識我父親，能像我一樣敬愛他，如今兒子和我能像現在，在十一月天坐在一起，憑弔我父親。現在，我找不到人和我一起追憶父親了。」「這角色可以由我扮演嗎？」我純然天真問。

他不回應。

「不過，我該告訴你，雖然他死了將近三十年，如果說有哪件事令我遺憾，那就是他無緣認識你。今天，這件事讓我心情沉重，彷彿人生鎖鏈少了一個環節，我不知道為什麼。也許正因如此，我這週末才想帶你來這裡。」

我正想問，帶我認識準公婆未免太急了吧——這想法勾起我微笑——但我決定不說，原因並非這句反諷話會自討沒趣，而是因為我隱隱明白，認識他父母或聽他父母的事不算太急，現在正是時候。

「你讓我有點害怕，」我說：「因為這表示，除非你父親認可，否則我永遠過不了關。既然他永遠不可能認識我，你也絕不會認可？」

「錯。我知道他會認可的。這不是重點。我認為他在天之靈，如果知道我這整個星期過得快快樂樂，他一定很欣慰。」他停頓半拍。「對你這一代的人，這種壓力會不會太大？」

我搖頭微笑，意思是，**你對我和我這一代的人太不了解了！**

「看看我，滔滔不絕談著我父親的事，你必定以為我有戀父情結。我幾乎不太想他。不過，我確實會夢見他，夢境非常甜蜜溫馨。好笑的是：他甚至知道你的事。多虧他插手，我才不至於逐門探訪鋼琴酒吧，決定直接去音樂學院找你。顯然是我的潛意識透過他託夢。」

「如果不是他，你照樣會主動找我攀談嗎？」

「八成不會。」

「多麼可惜啊。」

「這星期的音樂會，你本來會去嗎？」

「你已經問過了。」

「你一直不回答。」

「我知道。」

他點點頭，意思是，我果然沒料錯。

午餐後，他問我想不想彈彈看鋼琴。我坐下，隨手彈幾個音試試看，擺出格外凝重的神態，開始從〈筷子〉彈起。他呵呵笑了。我不知中了什麼邪，開始照〈筷子〉的曲調即興表演，最後停下來，改彈一首復古夏康舞曲。我彈得琴音悠揚，因為我正為他演奏，因為這曲子應秋景，因為琴聲能向這棟老房子致敬，向他的童心致敬，向我盼能抹去的老少戀差距致敬。

演奏完畢，我問他，在我這年齡時，他在忙些什麼事。

「大概是在我父親的事務所上班吧，苦不堪言，因為我討厭當律師，也因為那時沒有對象，一個也沒有，只有……露水情。」

接著，冷不防，他問我多久沒從事性行為了。

「先保證聽了不笑。」

「好。」

「去年十一月。」

「整整一年啊。」

「而且也不怎麼……」

我欲言又止。

「呃，上次我帶人來這裡，我年紀大概和你差不多，他在這裡過一夜，從此我就沒看過他了。」他歇口，不願講完。剎那間，他必定發現一個念頭剛掠過我腦海：他請男友來過夜時，我尚未出世。隨即，為了換話題，他再說：「聽了你剛演奏的曲子，相信我父親會喜歡的。」

「你父親為什麼不彈了？」

「我始終不知道。他只為我彈過一次。當時我大概十五、六歲。他告訴我，這首是高難度的曲子。在那時候，他已經死心了，不想再栽培我的音樂性向。有天，他坐在這一台鋼琴前，那時候我母親去巴黎，他演奏短短一首，李斯特的〈威廉泰爾教堂〉，我認為詮釋得精湛。我一聽立刻明白，父親毫無疑問是個優秀的鋼琴師。我見過的相片裡，有很多是他穿著燕尾服彈鋼琴的相片，也有他向觀眾鞠躬後起立的相片。不過，我從來沒當面見識到他的鋼琴人生。他那段人生是一道閉鎖的門。我始終無法回答的疑問是，他為什麼不再彈琴，為什麼絕口不提鋼琴人生。有一次，我告訴他，我好像半夜聽見他在彈鋼琴，音樂飄進我在遠遠一角的房間，他聽了矢口否認，說：『一定是唱片。』那天，他彈完李斯特的曲子，只問：『你喜歡嗎？』我不知道該怎麼回答。我只嚅嚅說：『你讓我引以為榮。』他沒想到我會這麼說。他點頭幾下，但我看得出他深受感動。然後，他闔上鋼琴蓋，從此不再彈琴給我聽。」

「匪夷所思。」

「不過，他的個性完全不封閉。他喜歡談女人，特別是在我十七、八歲那階段，他帶我去教堂聽音樂會的時候。他會談談音樂，不過有時話題愈扯愈遠，最後談到愛情，談到他年輕時認識的女人，也會提到一種難以捉摸的快感。那種事沒人知道如何啟齒，所以，和那些應該教我認識快感的人比較之下，在音樂會後父子散步回家的路上，我對快感和情慾的認識更多。他是一個懂床笫情趣的人，只不過我懷疑他的對象不是我母親。這是他親口告訴我的。有一天，他對我說，在她兩腿之間抽動幾分鐘，事後反而更寂寞，倒不如花錢跟一個一輩子可能不會再見面的女人好好共度半小時。他講話的方式很風趣。

「有一天，我們聽完週日音樂會，他說，如果我想要的話，他知道有個地方的女人能兩、三下教我認識成年人在一起做的事。我既好奇又害怕，不過他告訴我地點，教我該找誰，還大方給我錢。

「一個星期後，我們又一起去教堂聽音樂，路上有說有笑。他只問：『辦到了嗎？』我說：『辦到了。』父子因此更加親近。再過幾個星期，我另外發現一種不一樣的快感，而他極可能一無所知。現在回想起來，我後悔當時沒向他告白。不過，在那年代……」

他講不下去。

想不想去散個步，他問。

我說我想。

米榭爾說，他從前養過一條狗，他會帶狗散步，走得好遠，天黑才回家。可惜，狗死後，他再也不想養狗了。「牠死前吃了不少苦，所以我讓牠安樂死，不過，我永遠不想再承受那種哀慟。」

我避不問一個問題。但由於我不問，他必定有所警覺，料到我曾考慮問。

未久，我們接近樹林。他說他想帶我去看湖。「那座湖令我聯想起柯洛[11]。在這裡，時間總停留在傍晚，天天見不到陽光。在柯洛的畫筆下，船伕帽子上總有一抹紅色，像在陰沉的十一月原野上，永遠見不到雪，卻有一朵歡笑花在綻放。這裡也令我聯想起母親——老是瀕臨落淚邊緣，卻從來不哭。這片景色讓我高興，也許是因為我能感覺它比我心情更陰沉。」我們來到湖畔時，我問：「這裡是你充電的地方？」

「正是這個地點沒錯！」他知道我在尋他開心。

我們本想坐在草地上，可惜草地濕答答，我們只好在湖邊蹓躂幾步，然後調頭往回走。

「我不知道該怎麼提才好。我邀請你來不是沒有原因。」

「你的意思是說，你不是看上我的外表，不是看上我年輕，不是看上我資質聰穎，更不是看上我這身結實的鮮肉？」

他擁抱我，深情吻我嘴。

「絕對是看上你——不過，我瞞著你的這件事一定會讓你傻眼。」

雲層愈來愈厚了。「這裡真的是一幅柯洛鄉野畫，對不對——遍地哀傷。不過，我心情反而很好。也許是因為你在我身邊。」他說。

「顯然是因為我在你身邊。」他知道我又在挖苦他了。「也許是因為我也很快樂。」

「真的嗎？」

11 譯注：柯洛（Jean-Baptiste-Camille Corot），十九世紀法國畫家。

「我一直在掩飾，你看不出來嗎？」

他伸一手摟我，然後吻我臉頰一下。

「我們該回去了吧。一小杯卡爾瓦多斯無傷大雅。」

回程，他說，輪到我談家人了。他的用意大抵是顯示，他不打算成天談自己父母的事，想給我談我家人的機會，避免厚此薄彼。但是，值得一提的東西不多，我說。玩音樂是我父母的嗜好，所以我算是圓了他們的夢。我父親是大學教授，也是我第一位鋼琴老師，但他在我八歲左右就明瞭，我的琴藝已經超過他了。我們三人是出乎常態的親近。他們從來不和我作對。在他們眼裡，我做的每一件事都沒錯。我是個文靜的小孩，但到了我十八歲左右，我的傾向明顯是可以左右開弓。我起先不說，但我一輩子感激不盡的是，多數父母連暗示都猶豫半天的話題，我父親卻很明理，方便我們暢所欲言。我上大學之後，他們分居了。我認為，他們有所不知的是，我是維繫他們倆的要素，因為我父母的興趣不同，各過各的生活，往來的朋友也大異其趣。後來有一天，我母親跟一個男人跑了。她在認識我父親之前就認識他了。她決定搬去米蘭和他同居。我父親本來已經灰心透頂，不想再找對象，不過幾年後，他竟然在火車上認識一個女人，兩人現在生了一個小男孩，我成了他的同父異母哥哥，也是他的教父。總而言之，大家都相當快樂。

「他們知道我的事嗎？」他問。

「知道。他星期四打電話給我，我告訴他了。米蘭達也知道。」

「他們知道我歲數超過你一大截嗎？」

「知道。我父親年紀碰巧也大她一倍。」

他躊躇片刻，不語。

「你為什麼向他們報告我的事？」

「因為這事很要緊。別問我這事重不重要。」

我們停下腳步。他用一根落地的樹枝刮著鞋底泥巴，然後扯斷較細的一根樹枝，用來清理其他部位。接著，他望著我。

「我今生認識的人當中，你可能是最可親的一位。這也意謂你可能傷我的心，甚至擊垮我。你那一代的人會提這種事嗎？」

「別再講我這一代了！也不要再提這一類的東西。講這種事會害我難過。」

「那麼我就不再提了。你認識的人當中，有人會講那個字嗎？」

我感覺那個字箭在弦上。「請抱我，快抱我就好。」

他伸出雙臂環抱我，緊緊摟著。

我們繼續走，手臂交纏，默不出聲，直到換我刮泥巴為止。「柯洛鄉野畫！」我咒罵，逗得我們都笑了。

回到別墅：「我想帶你參觀廚房。這廚房數百年如一日。」我們走進一間大廚房，顯然設計者從來沒考慮讓屋主坐在這裡喝咖啡或吃蛋。各式各樣的大鍋小鍋掛牆上，不是雜誌和裝潢型錄裡那種雜七雜八亂放、故作時髦狀的法國鄉野風。廚房有些地方古老而紊亂無章，無人想遮掩。我審視著廚房，心想，這裡的電線、瓦斯管、水管就算不是代代相傳，也有數十年的歷史，可能需要拆掉改裝。

他帶我離開廚房，走向大客廳。他打開一個古董小木櫃，找到一瓶酒，取出兩個聞香杯，單手以手指夾著杯柄，巧手令我心醉。

「我想給你看一個據信沒人看過的東西。我父親得到這東西的時候，德軍才從我們家撤離不久。當時我年近三十，他把東西交給我之後才幾天就陷入昏迷——他自知來日不多，大家心裡也有數，不再安慰他。那一天，房間裡只有我們兩人的時候，他叫我打開這個小木櫃的鎖，從裡面取出一個大的皮封套。

「我父親說，封套裡的東西進入他手裡時，他的年紀比我那年更小。」

「裡面裝什麼？」我拿著封套問。

「打開看看。」

我本以為是地契、遺囑、憑證之類的東西，或者是傷風敗俗的相片集，結果不然。我打開皮封套，發現裡面是一套洋蔥紙雙面樂譜，共八張。樂譜的五線譜畫得歪斜，作者顯然找不到尺來畫。最上面一張寫著：**雷昂致亞德里安，一九四四年一月十八日**。

「亞德里安是我父親，他完全沒向我解釋，只說：『不要銷毀，不要捐給文獻室或圖書館，只能轉交給明瞭如何處置的人。』我聽了心都碎了，因為從他講這句話的表情來看，我明白他自知他今生找不到如何處置的人，而我也找不到。我現在也認為，他當時知道，一定知道——我的事。說也奇怪，他以自知死期將近的人那種深沉、探索的目光凝視我的當兒，父子之間的一切、每一刻的親情、所有的失望和誤解、所有隱含寓意的眼色，幾乎全消散於無形了。他說：『去找人。』

「我一看樂譜，當然看得一頭霧水。除了我練琴的那幾年以外，我對古典樂一竅不通，而他也從未逼我學古典樂。所以我懶得看這份樂譜。

「不過，我看見樂譜時，另有一個原因讓我百思不解。我出生在這日期的二十年後，名字同樣是雷昂，卻從沒遇見過名叫雷昂的人，甚至連聽也沒聽說過。我問父親，雷昂是誰，他茫然看著我，甩甩手不答，然後說，說來話長，沒空解釋，推說他累了，還是別說了，最好也不要回想。他說：『你這是在逼我回憶嘛，而我不想回憶。』究竟他是被嗎啡迷昏了頭，或祭出我不想說的擋箭牌以閃躲敏感話題，我不清楚。尤其是在當時，他要我知道，如果他多說一句，可能會捅出一窩子黃蜂。假如當時我追問，他會再以甩手的動作被動否決我，好像他沒耐心應付乞丐時打發乞丐的動作。反正我想改天再問，結果竟忘了樂譜的事，何況當時他的病情持續惡化，而我忙著照顧他。現在回想起來，我幾乎認為，讓病重的他多撐幾天的動力，正是為了找機會轉交樂譜，不讓我母親發現。他去世後，過了幾個月，我到處打聽，發現父親和母親的親戚裡，沒有一個叫做雷昂。最後，我問母親：『誰是雷昂啊？』她不解，望著我，露出好氣又好笑的表情說：『當然是你啊。』我問，祖先有個叫做雷昂的人嗎？沒有。雷昂是我父親出的點子。我出生時，我父母曾為了取名而吵過一架。我曾祖父米榭爾遺贈家產給我們，我母親為了紀念他，想取名米榭爾。我父親則堅持雷昂。最後她當然吵贏了。父親退而求其次，把我的次名取成雷昂。從小到大，沒有人喊我雷昂。

「那時候，我忽然醒悟，母親絕不可能知道雷昂或樂譜的存在。假使她見過樂譜，她不可能不問雷昂是誰，而且不追問出結果絕不放棄。我母親的個性就是這樣，心意已決之後，非打破沙鍋問到底，否則不肯善罷甘休。她堅持要我當律師，再怎麼否決也是枉然。

「後來，父親過世後，我向傭人多番打聽，年紀較大的一位家僕想起一個名叫雷昂的人。他說，當時家裡的人稱呼他是猶太佬雷昂。上從討厭猶太人的祖父，下至廚子和打掃房間的女傭，人人都喊他猶太佬雷昂。『不過，』同一位老廚子說：『那是好久以前的事了，你爸媽甚至還沒認識對方。』我聽得出，如果想逼廚子進一步吐露，簡直像拔他牙齒那麼痛苦，所以我暫時放過他一馬，不想留下嚴刑拷打的印象，還是找時間再問問看吧。我請他描述德軍占據我們家的情況，想藉著想當年的機會，把話題引回雷昂，可惜他只說，德軍是正派紳士，小費賞得闊綽，對我家人異常畢恭畢敬，不像那個猶太佬，他說——因為他記得我問過雷昂的事。我們家認識雷昂的人只剩他最後一個了。後來我父親過世，他退休搬回北部，也消失了，所以線索到此為止。

「我母親去世後，我決定翻找家庭文件，無奈也找不到猶太人雷昂的東西。我想不透的是，父親為何把樂譜鎖得緊緊的，為何把我的次名取成雷昂。同樣名叫雷昂的那人究竟怎麼了？我原本希望找出一本日記，或我父親中小學的紀錄，可惜我父親沒有寫日記的習慣。我找到的是文憑和獎狀和數不清的樂譜，有些紙質很脆弱，有些屬於高酸紙，一碰就粉碎。只不過，說也奇怪，我一次也沒見過他翻閱那些樂譜。偶爾，他聽見收音機播放鋼琴手表演，會批判他們的琴藝，老是罵說：『他還是改行去敲雷明頓打字機吧。』他偶爾會這麼評論另一位聞名遐邇的鋼琴師：『琴藝優秀，可惜是個差勁的音樂師。』

「改走法律這一行對他有什麼影響，當初他為什麼放棄音樂，我無法理解。換一句更露骨的說法是，我始終不知道面具底下的父親是誰。我只認識身為律師的父親，從沒見過或認識過鋼琴手的他，更沒有和他一同生活過。另外，直到今天，令我痛心疾首的是，我無緣認識鋼琴手父親，無緣和他暢談。我認識的是他的分身。我懷疑，我們每個人都有本尊和分身，也許有第二、第三、第四、第五分身，有更多也說不定。」

「我眼前的是誰？」我順應他的說法，問道：「是第二、第三分身？或者是本尊？」

「第二分身吧，我想。上年紀了，吾友。不過，在我內心深處，我求之不得的是讓你和年輕的我進行對話，但願自己能在你這年紀時帶你來這裡。反諷的是，和你在一起時，我感覺自己和你同年，不覺得自己老。我相信我以後一定會為今天付出代價。」

「你太悲觀了。」

「也許吧。不過，年輕的我太急躁了，搞砸了太多事物。有一把年紀的我比較節省，比較謹慎，因此遇到他擔心可能永遠不會再遇到的事物時，比較不情願——或更拚命——操之過急。」

「你現在不是已經有我了嗎？」

「對，不過，能維持多久？」

我不答。我想避免觸及以將來為主題的東西，結果聽在他耳裡，他可能嫌我太虛浮。

「現在，今天，像昨天，」他說：「像星期四，像星期三，都是一份好禮。我可能一眨眼就沒機會認識你，或者永遠沒機會再遇到你。」

我不知如何接口，於是以微笑回應。

語畢，他再倒了兩杯卡爾瓦多斯。「希望你會喜歡。」

我點頭，和我第一次喝單一純麥時的反應相同。

「如果世上真有命運這回事，」他說：「命運很奇怪，專拿一些看似某種固定模式卻可能根本不是模式的機緣來逗我們，而這些模式可能殘存一些有待釐清的意義。我父親、你父親、鋼琴、永遠都是鋼琴、然後是你，像我兒子卻又不像我兒子。另外還有這條猶太緣分串連你我的生命，在在提醒我，我們的人生只不過如同挖洞，洞的深度總是比我們以為的要更深了幾層。也許是我想太多了。

「總之，我把樂譜交到你手裡了。我想去看看他們今晚準備的菜色。你先看一看，看你有什麼感想。記得，你是見過這樂譜的極少數人之一。」

* * *

他輕手輕腳關上門，意思彷彿是，我即將做的事需要高度專心，他最不願干擾到我。

我喜歡獨守這一間。這裡儘管大，感覺卻很親密。陳舊的厚窗簾在我背後，散發臭味，我甚至喜歡。我也喜歡牆上的陳年桃花心木板和深紅色地毯，甚至也喜歡這張凹陷、脫皮的陳舊真皮扶手椅，以及香醇的卡爾瓦多斯。這裡的一切都覺得老舊、祖傳、凍結給後世觀摩。戰爭和革命都無法動搖這一切，因為在這棟豪宅中，頑固的薪傳和歷久不衰似乎被鑿進每一處，永遠抹不掉，連我手中精美的聞香杯亦然。米榭爾在這裡長大，在這裡躲過風波，曾被閉鎖在此地。我想著，青少年的他翻閱雜誌裡的色情圖片時，是否也坐過同一張扶手椅。

他冀望我對這份樂譜有何感想？是好是壞？這位猶太人是才子？或是白痴？或者，他想追尋父親升等為父親之前的模樣，盼我能挖掘這份音樂史蹟，從中讓舊時的父親重見天日？我開始翻閱樂譜。我翻到第二頁，愈看愈質疑，畫五線譜的手為何如此不穩。唯一的解釋是，作者當時找不到可供他畫線的文具。而且，雷昂必定以為，亞德里安一眼能認得這曲子，最起碼也知道該如何處置。

然而，我隨即漸漸注意到其他現象。這樂譜看不出開場何在，換言之，樂譜本身不完整，或者作曲年代位於現代主義時期的巔峰。但繼而一想，未免太沒創意了吧。反諷在我臉上譜出一抹竊笑。我翻到最後一頁，也不指望發現明顯的結尾。果然，樂譜最後是一個長顫音，完全沒下文。我暗想，未免太八股了，也太乏味了！沒結尾的結尾——現代主義最迂腐的表徵！

我不太能向米榭爾表達上述的任何一個感想。我不願告訴他，父親長年死守的樂譜比一直被鎖在櫃子裡的Cartier皮封套更不值錢，最好繼續閒置。

後來，在我翻閱頭三頁的同時，我逐漸領悟出一個端倪，令我的心垂直下降。我見過這曲子。天啊，五年前在那不勒斯，我甚至演奏過！只不過，順序不太一樣。不消片刻，我便認得這曲子。這可憐的傢伙竟然抄襲莫札特。太俗不可耐了！接著，更糟糕的是——我不敢相信——幾小節後，我居然認出人盡皆知的幾段，而且抄襲得毫不掩飾：迴旋曲輕盈，一聽即知，出自於貝多芬〈華德斯坦〉奏鳴曲。親愛的雷昂是東抄一段，西抄一段。

我看著淡薄而泛黃的墨水。若非墨水年久褪色了，就是作者使用稀釋過的墨汁。由於筆跡倉皇緊急，我想像雷昂當時在巴黎北站，一九四四年的那班車不知將駛向何方，他在火車快出站時才趕緊投郵。我心想，作者大抄特抄是為了表達幽默感嗎？他是聰明人或是傻瓜？筆跡能透露這人的心性嗎？雷昂當年多少歲？是像當年二十五、六的米榭爾，喜歡惡作劇，或者更年輕？

在我猜不透雷昂之際，一個念頭突然擊中我：我之所以認得樂譜開頭的原因有一個：這一段的作曲人——或主要功臣——是莫札特。但是，這首不是奏鳴曲，不是前奏曲，不是狂想曲，也不是賦格曲。這首是莫札特D小調鋼琴協奏曲的華彩樂段，所以我才認得主題。但是，作者並非抄襲莫札特，他引用的是貝多芬針對莫札特協奏曲所譜的華彩樂段。在貝多芬影響下，雷昂也引用〈華德斯坦〉奏鳴曲的幾小節來烘托。雷昂愈抄愈有趣。鋼琴手亞德里安彈完第一樂章，樂團戛然停息，在這段黃金時刻，鋼琴手能恣意即興演出，發揮想像力、膽子、愛、自由、實力、天賦，發揮他對莫札特協奏曲精髓的領略，最後能藉華彩樂段吶喊出愛樂心與創意。雷昂譜的正是這一段。

華彩樂段的作曲人延續莫札特未盡的心意，藉莫札特開放式的結尾著墨，即使後人的年代不同，樂風也已丕變。想進入莫札特神曲祕境的人無需揣摩莫札特的心，也不必學他的步調或模仿他的用語、嗓音、脈搏，甚至用不著追隨他的風格，只需再創莫札特，以莫爺本人始料未及的方式重譜新調，接手莫札特打造完一半的作品，但新作必須能讓莫爺仍能聽出原汁原味、僅此一家的莫札特。

米榭爾回來時，我等不及訴說我的心得。「這一首不是奏鳴曲，而是華彩樂段——」我開口說。

「雞肉餐或牛肉餐？」他打斷我。晚餐和今夜的福祉凌駕一切。

我喜愛他這舉動。我問：「你是空服員嗎？」

「我們可能也供應素食餐，」他繼續，模仿著法國航空的空姐。「另外，我有一瓶出色的紅酒。」他停頓一下。「你剛才想說什麼？」

「不是奏鳴曲，而是華彩樂段。」

「華彩樂段。那當然囉！我老早就懷疑是了。」他停一拍。「什麼是華彩樂段？」

我笑了。

「是鋼琴協奏曲裡簡短的一段，大約一、兩分鐘，獨奏者可以從協奏曲本身挑出一個主梗，即興發揮。鋼琴手彈完華彩樂段，通常以顫音作為暗號，請樂團浩浩蕩蕩回來，結束這樂章。我最初看見這顫音，一時搞不懂用意，現在才覺得很有道理。不過，這首華彩樂段一直延續，我不知道有多長，顯然超過五、六分鐘。」

「所以說，這是我父親的天大機密？六分鐘的音樂，如此而已？」

「可能吧。」

「不合理吧？」

「我還不確定。我得再研究研究。雷昂不停呼應〈華德斯坦〉。」

「〈華德斯坦〉。」他邊說邊闊嘴微笑。我愣了一陣子，隨即才再度明瞭他微笑的原因。

「你年紀比我大一倍，可別告訴我，你從來沒聽過〈華德斯坦〉奏鳴曲。」
「我瞭若指掌。」再展同樣的微笑。
「騙人。我知道。我看得出來。」
「我當然是騙你。」
我站起來，走向鋼琴，演奏〈華德斯坦〉的開頭。
「〈華德斯坦〉，當然。」他說。
他還在開玩笑嗎？
「我其實聽過好幾次。」
我停手，然後改彈迴旋曲。他說他也認得。「那你唱唱看。」我說。
「我才不幹。」
「跟我一起唱。」我說。
「不要。」
我開始唱迴旋曲。我邊彈邊瞪著他，默默哄他跟進，過了一會兒，他開始有一句沒一句唱起來。我放慢音符，要求他唱大聲一些，最後兩人齊聲合唱。他雙手放在我肩膀上，我以為他暗示我歌手，但他隨即說：「不要停，」於是我繼續彈唱。「你的歌喉很好，」他說：「如果我能的話，我想吻你的歌喉。」我說：「繼續唱。」他繼續唱下去。合唱到最後，我轉頭，注意到他淚水盈眶。「怎麼了？」我問。

「不知道為什麼。也許是因為我從來不唱歌。也許只因為，有你同在。我想唱歌。」「你難道不會偶爾在淋浴間高歌嗎？」「好幾十年沒有了。」我站起來，以左拇指拭去他雙眼的淚珠。我說：「我喜歡剛才和你合唱。」他說：「我也是。」「唱了感傷嗎？」「一點也不會。我只是感動罷了，好像被你從殼子裡推出來了。我喜歡你推我脫殼而出。而且，我很容易害羞，別人難為情時臉紅，我則是動不動掉淚。」

「你，害羞？我一點都看不出來。」

「我多害羞，告訴你，你也不會相信。」

「那天你跳出來找我講話，說實在的，是搭訕我，而且還在教堂搭訕，然後還請我吃晚餐。這些事，害羞的人根本做不出來。」

「會有那天的發展，全因為事情不在我的規劃之中，我連想都沒想過。全是順手拈來的動作，也許是因為有你的協助。當然，認識你的那天晚上，我考慮邀你回我家，但我不敢開口。」

「所以你狠心拋棄我，讓我一個人孤伶伶，只有背包、單車、安全帽作陪。謝了！」

「你當時不介意。」

「我很介意。傷到我的心了。」

「而你現在卻和我共處一室。」他停頓一下。「對你來說，會不會太超過了？」

「又糗我這一代？」

我和他都笑了。

話題轉回雷昂，我拿起樂譜。

「先讓我為你解釋華彩樂段的原理。」

我翻找著他收集的唱片——清一色爵士樂——幸好終於找出一張莫札特協奏曲。然後，我在一張十八世紀咖啡桌上找到一套非常複雜、看似名貴的音響，左摸摸，右調調，想弄懂操作方式，迴避他的目光，以故作隨口問的態度問他：「是誰叫你買這套音響的？」

「沒人，是我叫自己買的。可以嗎？」

「可以。」我說。

他知道我喜歡這回答。「另外，我也知道操作方式。只要你問，我就能幫你操作。」

片刻之後，我們開始欣賞莫札特鋼琴協奏曲。我讓他聽第一樂章的幾小節，然後抬起唱針，往前挪到我判斷是華彩樂段開頭的地方。這段華彩樂段的作曲者是莫札特本人。我們聆聽著華彩樂段，最後我指出顫音，表示全樂團即將捲土重來。

「剛才是穆雷．佩拉西亞[12]的演出。非常優美，非常清澈，簡直無懈可擊。他的華彩樂段關鍵在於從主題裡挑出來的幾個音符。我先唱給你聽，然後你一起唱。」

「絕對不要！」

「別耍孩子氣。」

「才不要！」

我先彈一小段，然後邊彈邊唱，彈法稍顯花稍。「輪到你上場了。」我說著重彈同一段，然後轉頭看他，暗示他引吭的時刻到了。他先是遲疑著，但隨即照我要求，開始哼著音符。「你的歌喉不錯。」我最後說。隨後，因為我正在興頭上，我再彈同一段，叫他再跟著唱，說：「唱吧，讓我快樂一下。」

他再一次唱著，最後兩人大合唱。「下星期我會開始學鋼琴，」他說：「我想讓鋼琴重回我生命中。也許我也想學作曲。」

這話是不是為了討好我，我無從分辨。

「你願意當我學生嗎？」我問。

「當然願意。什麼傻問題嘛。問題是……」

「哎呀，住嘴！」

我叫他坐下。我先彈貝多芬，然後彈布拉姆斯的莫札特D小調協奏曲華彩樂段。「光芒四射，」我邊說邊開始彈，自認把這兩首演繹得盡善盡美。

「另外還有很多首。其中一首的作曲人甚至是莫札特的親兒子。」我說。

我彈奏著。他聆聽。

然後，由於我正在興頭上，我當場即興演出自己的版本。「你想聽的話，我可以一直彈下去。」

「我也但願你能一直彈，不要停。」

12 譯注：穆雷・佩拉西亞（Murray Perahia），美國鋼琴家、指揮家。

「你會的。要是今天早上我練過琴的話，現在彈起來會更順手，可惜某人對今天另有規劃。」

「你犯不著同意啊。」

「我想同意。」

接著，他冷不防要求：「你那天彈給泰國學生聽的那一首，可以彈給我聽嗎？」

「你指的是這首？」我說，完全知道他想聽哪一首。

* * *

「這樂譜耐人尋味的地方是，雷昂的華彩樂段引用〈華德斯坦〉奏鳴曲幾小節之後，更瘋狂的事發生了。」

「什麼？」他問。一天之內遇到太多音樂術語，幾乎招架不住。

我再視譜一遍，以確定自己沒有瞎掰。「我仍不確定，不過照這樂譜看來，雷昂引用〈華德斯坦〉後，躊躇了一陣子，然後才離開貝多芬的曲子，轉向極可能是貝多芬另一首曲子的靈感——〈柯尼吉〉。」

「當然，」他說。他憋著不笑。

「〈柯尼吉〉是一首猶太祈禱文。是這樣的，在這曲子裡，猶太主題非常朦朧，是被偷渡進去的……我直覺上認為，除非看譜人受過音樂訓練，否則只有識譜的猶太人才認得出這首華彩樂段的主角不是貝多芬，而是〈柯尼吉〉。那幾小節重複了七次，所以雷昂不是一時筆誤。然後，當然，他又回到〈華德斯坦〉，來到顫音，宣布全樂團捲土重來。」

為了向他闡明我的見解，我分別演奏華彩樂段和〈柯尼吉〉給他聽。

「什麼是〈柯尼吉〉？」

「猶太民族一年當中最神聖的日子是贖罪日，大清早舉行的阿拉姆語祈禱文就是〈柯尼吉〉，向上帝表達所有誓言、詛咒和義務。不過，〈柯尼吉〉裡的旋律吸引了部分作曲人的注意。我的直覺是，雷昂知道你父親聽得出來。這好比他們兩人之間的暗號。」

「可是，我認得這旋律。」他忽然說。

「你在哪裡聽過？」

「不知道。我真的不清楚。不過我從很久很久以前就認得了。」

米榭爾思考一陣子，然後，彷彿為了自我振作，說：「我們該坐下來吃晚餐了。」

但我非解決心頭疑難不可。

「你父親認識這曲子的管道有兩種。要不是雷昂哼給他聽或彈給他聽——理由是什麼，我沒概念，除非是為了證明猶太禮拜儀式的曲子優美——就是你父親參加過贖罪日儀式，換言之，兩人的關係更親近。贖罪日儀式不對外開放，觀光客不能隨便進去參觀。」

米榭爾沉思頃刻，接著無厘頭說：「如果你邀請我，我一定會去。」我牽起他的手，握一握，親一下。

晚餐期間，我們討論這首神祕華彩樂段的由來。是心心相印的笑話嗎？或是一首未完成曲的精華？或是對鋼琴手下的戰帖？也許是朋友之間紀念消逝的友誼，算是向友情致敬？

「我沒時間檢視的理由太多了，」我說：「除非是，這首華彩樂段是在窮途末路的階段構思出來的，是水深火熱中的某個猶太人自我慰藉的方式。」

「我們該不會過度解讀了吧？」

「有可能。」

「我們鎮裡有家很不錯的肉店，所以里脊肉美味沒話說。我們的廚子喜愛蔬菜，如果還買得到蘆筍，她一定買來煮，而且儘管她對蘆筍過敏，她照樣煮得色香味俱全。我喜愛印度米，你聞聞看。」他說著，手在米飯上空對我搧風。他知道他在逗我。

但就在這時候，我說，我們漏掉一件事。

「雷昂是猶太人，惹你祖父母討厭，極可能被認為帶壞了你父親，影響到你父親的前途，而且傭人瞧不起他。當時法國已經淪陷，德軍不久即將進駐這個家。你告訴我說，德軍已經在這張餐桌吃飯了。這個家容不下雷昂，除非他躲在閣樓裡，但住在這裡的人沒有一個會容忍這種事。這麼看來，樂譜是怎麼落入你父親手裡的？」

我剛才帶著樂譜就座，放在餐桌上。

「試試這葡萄酒。我們剩三瓶。這瓶打開放在廚房裡透氣一陣子了。」

「你能專心一下嗎，拜託？」

「好，當然。你覺得這瓶葡萄酒如何？」

「美極了。不過，你為什麼不停打斷我？」

「因我愛看你專心一意的模樣，也愛你嚴肅的表情。我仍不敢相信你留在我身邊。我等不及拉你上床——等不及了。」

我再喝一點酒，他隨即為我添滿。

我切肉之際，忍不住又說：「樂譜是怎麼來的，還有待我們解謎。是誰送來的？什麼時候的事？在一九四四年，一個猶太人送樂譜來這裡，顯得很荒謬。事實上，樂譜來這裡的經過，或許能解開樂譜的所有謎題，含義甚至可能超過樂譜本身。」

「你這話沒道理。你等於在暗示，曠世名詩送進印刷廠的管道比詩本身來得重要！」

「以這樂譜來說，很可能是這樣沒錯。」

米榭爾以困惑的神態望著我，彷彿從未以腦筋急轉彎的方式思考過問題。

「是郵寄的嗎？」我問，「或者是親手傳遞？或者是亞德里安親自去領回來的？有第三者嗎？第三者是朋友、醫院裡的護理師、或是集中營裡的無名氏？當時是一九四四年，德軍仍盤踞法國。所以他可能逃走，也可能被囚禁。如果他被關進集中營，他在哪一個集中營？他躲起來了嗎？有沒有存活下來？」

我再進一步思索。

「有兩件事或許能提供重大線索，可惜兩件都找不到。作曲人為什麼自己畫線？為什麼音符擠成這樣？」

「這為什麼重要?」

「因為我的直覺是,說不定樂譜根本不是匆忙寫下的。」我再度翻找樂譜。「注意看,整本樂譜找不到一個刪除記號,看不到作曲人邊寫邊改的地方。這首曲子是抄寫本,地點是在無法取得五線譜紙的地方,甚至連一般的紙都難以找到。這上面的音符擠得不像話——彷彿他深怕紙不夠寫。」

我翻開第一頁,拿起來,湊向餐桌正中央的燭火。

「你想做什麼?」他問。

「找浮水印。浮水印能透露很多東西:紙的產地,在法國哪一區。或者來自國外,如果你懂我意思的話。」

米榭爾看著我。「我懂你的意思。」

遺憾的是,紙上沒有浮水印。「我只能推論,這種紙是廉價的洋蔥紙。所以說,華彩樂段的作曲人知道這些主旋律,把音符抄寫成這種壓縮形式。他要你父親收下這首華彩樂段。這是我們目前所知的全部。」

「不對,我們另外還知道,我父親徹底放棄音樂,開始攻讀法律,完全把音樂世界棄絕在外。我不相信他改行和雷昂無關。因為，我們確實知道一件事。他把這首華彩樂段視為畢生最珍貴的物品。可是，既然再也不彈琴，他何必留著樂譜？為什麼長年深鎖進櫃子裡？——除非是他保證過，只在雷昂在場的時候才演奏？或者是，他留著樂譜，想等到有朝一日某人現身來演奏？例如你，艾里歐！」

我聽了受寵若驚，但我不想表現出我懂他暗示的樣子。

「你認為，他有意歸還給雷昂，或是轉交給雷昂的至親？或是，他根本不知道該如何處置，也不忍心丟掉——就像你一直保留父親的網球拍那樣？」

「也許，判定雷昂的身分才是當務之急。」

晚餐後，我借用米榭爾的電腦，輸入亞德里安的全名，幾秒內得知他就讀音樂學院的年份。甚至也搜尋到他的相片。「整潔而瀟灑，」我說：「而且相貌英俊。」我搜尋他在校期間以及之前之後的年份的教師姓名，得到的資料瑣碎而且零散，遍尋不著名叫雷昂的人。我搜尋類似猶太人、德國人、斯拉夫發音的姓，或是以L為縮寫的首名。也找不到結果。我搜尋名叫雷昂的學生。沒結果。若非他另有其他名字，就是他的姓名被校方刪除了。或者，他從未就讀過這一所音樂學院。「找不到雷昂。」我最後說。

「所以說，本案偵辦到盡頭了。」

到了這時候，我們同坐沙發上，靠得非常近，燈火昏黃，我們繼續飲用卡爾瓦多斯。

「也許你父親的老師是艾佛列德．寇爾托[13]。不過我猜雷昂不是他的學生。」

「為什麼？」

「寇爾托反猶太，在德軍占領期間反對更激烈。和寇爾托很熟的小提琴家蒂博[14]，我認為他曾經是希特勒的御用小提琴師。」

「兵荒馬亂的年代。」

「你對這事另外還有什麼想法？」他問。

「問這個做什麼？」

他若有似無地搖搖頭。「不為什麼。我只是很喜愛現在和你相處的感覺。像這樣晚上促膝長談，在這裡，坐在這張沙發上，黏在一起，你敲著電腦鍵盤，外面卻是荒涼的十一月

13 譯注：艾佛列德．寇爾托（Alfred Cortot），瑞士鋼琴家。

14 譯注：蒂博（Jacques Thibaud），法國人，搭乘法國航空在阿爾卑斯山墜機身亡。

天。我喜愛你如此興致勃勃。」

「我也喜愛這感覺，非常喜愛。」

「而你卻不信命運。」

「我告訴過你了，我不從命運的角度看待事物。」

「也許等你到了我這年紀，人生美景變得日漸貧乏，也許到那階段，你才會開始留意到小小的意外轉變成奇蹟，不期而遇的狀況能重塑人生，讓原本無足輕重的事物大放光明。不過，現在的感覺並非無足輕重。」

「今晚的感覺很美好。」

「對，很美好。」但他的語氣是懷舊而莫可奈何，逼近憂傷，彷彿我是一盤餐點，他還沒吃飽，盤子就被端走了。歲數大一倍的人，都有這種狀況嗎？早在對象開始三心二意之前，年長的一方就開始握不住對方了？

我們如此默默坐，不再說話。我本想純情抱他一下就好，但他的回應是殷切、感傷、飢渴的擁抱，盡是肉慾走到窮途末路之感。

「怎麼了？」我問。我已能猜想他的回答，但仍不願聽見。

「沒事。不過話說回來，恐怖就恐怖在這裡——如果你懂我意思的話——正因一切都好，所以才恐怖。」

「再給我一點卡爾瓦多斯。」

他樂意為我斟酒。他起身，走向音箱後面的小櫃子，再取出一瓶酒。「品質好太多了。」

他知道我改變了話題。我正希望一股新氣象能趕走我倆之間猝不及防的雲霧，可惜新氣象不來，我或他都沒有破霧而出的企圖，也許是因為兩人都不太確定躲在霧後頭的是什麼。於是他向我介紹卡爾瓦多斯的沿革，我聆聽著，閱讀著酒瓶標籤上手寫的酒莊史。這時候，他忽然靈機一動，善用一句已成我倆之間的慣用語：「我想讓你快樂。」我完全懂他的意思。「你繼續讀標籤吧，我不打擾你。我甚至不要你看這裡。」

他拿起酒杯喝一小口。這時候，我感覺到了，感覺到他的嘴，感覺酥麻麻。「我愛你這樣做。」我最後說，同時閉上眼睛，想放下酒瓶，最後決定放在地毯上，擺向沙發腳旁邊。

我想起家裡有女傭。

「早就走了。你剛沒聽見她的車聲嗎？」

* * *

週日，我們待在屋子裡。正如米榭爾記得的印象，星期日總是雨天，而我們本打算去散步的樹林愈變愈暗，愈變愈淒涼。十點以後，我彈了兩小時鋼琴，他則在工作室裡翻閱文件。但我們做的多半是沒事硬找事做的活動，最後有人得體地提議，最好趁週末收假回巴黎的車流變大之前回去，雙方聽了如釋重負。接近市區時，他有意先去我家，讓我下車，我會意到了，氣氛有點僵。他的用意是不願我覺得被迫直接去他家，或者是他懷疑我在音樂會前另有規劃。或者也許是，據我猜測，他需要一段獨處時光。畢竟，他習慣週日回巴黎，同一個動作行之多年，不想更動吧？來到我的公寓前，他並排停在門口，不熄火，意思是要我下車。我下車對他說：「待會兒見。」他默默點頭，作沉思狀。就在這時候，我鼓起勇氣。「我現在不必回家。我不想回家。」「回車上吧。」他說：「我仰慕你，艾里歐，我仰慕你。」我們直接去他家做愛，甚至打盹片刻，然後趕往教堂聽音樂會，中場排隊喝蘋果酒，然後吃三道菜晚餐，期間他握住我的手。「明天是星期一，」他說：「上星期一滿肚子苦水。」為什麼，我問。但我知道答案。「因為我以為我失去你了——究竟為什麼？因為我怕你拒絕我，盡量不要顯得太頹廢。」

他注視我一會兒。「你今晚非回家不可嗎？」

「你要我回家嗎？」

「我們可以假裝今晚才剛認識，你不想牽腳踏車走回家，對我說：『米榭爾，我想跟你上床。』一個星期前的你會這麼說嗎？」

「我差一點點就說出口了。都怪你不好！先生，當時是你調頭就走人！」

＊＊＊

週一早晨，我決定搭計程車，直接回家換衣服。我的公寓變得不太眼熟，彷彿出門幾星期、幾個月了。上次我在公寓裡見到早晨是在星期六，當時我衝上樓，帶走幾件換洗衣物，然後直奔回他等候的車上。這天下午下課後，我直接進學院辦公室，盡可能尋找雷昂。

這天晚上，我在同一家小餐館和米榭爾碰頭，告訴他，線索查到山窮水盡了，絲毫不見雷昂的蹤影。米榭爾比我預期更失望，所以我星期二另有一計。我去兩所音樂學校試試手氣，搜尋校方的年鑑，可惜再度撲空。

我倆都據理假設，認為雷昂若非出國讀書，就是像二十世紀初的猶太富家子弟，家裡請家教。

同樣的苦心再耗費兩天。我的線索枯竭了。

然而，到了週五，我去米樹爾和他父親就讀的中學，自稱是米樹爾的外甥，請祕書帶我去找資料，總算在校方的紀錄裡查到雷昂的身分。那天，在下鄉的路上，我再也憋不住了，向他播報即時新聞。「我甚至掌握到他以前的地址。他的姓是德尚。唯一的麻煩是，德尚不算是猶太民族的姓。」

「也有可能是嫁娶領養的姓，或者改姓。想想看，費爾德的拼法變化有費爾德曼、費爾德斯坦、費爾德布倫姆。」

「有可能。不過，網路上有很多雷昂．德尚，要是這些人全都活著，或者還住在法國，恐怕好幾個月都查不完。」

他面露困惑。我不禁想到，他自己為什麼沒想到父親和雷昂可能是同學。最後，我問他，為什麼過了這麼多年，他仍在尋找雷昂。

「或許能向我透露父親未知的一面吧。我也好奇雷昂消失的時間和事由。」

「可是，為什麼呢？」

「我不知道為什麼。也許想藉這管道和父親交流，想了解他為什麼放棄他最愛的鋼琴，想了解他對雷昂的友誼或愛——如果兩人之間確實存在友誼或愛情的話。我父親至死不肯提的就是這方面的事。到了我十八歲，他大可對我坦白交代。或者，也許我和我兒子很像，也想在父子之間造成隔閡。或者，說不定，這是我謝罪的方式，因為我自責當初沒費心去追究父親為何放棄音樂。反過來說，天下有多少子女肯費心去理解父母親的苦衷？我們自以為很懂我們愛的人，其實他們心深如海，我們又能了解多深？」

「總之，」我打斷他說：「我甚至在紀念冊裡找到雷昂的相片。這裡，你看一看。」我取出當天在學校辦公室影印的相片。「非常帥。完全是天主教徒的模樣，非常保守。」

「的確。非常帥。」米榭爾說。

「你的想法和我一致嗎？」我問。

「我的想法當然和你一致。你和我從一開始就往這方面想，不是嗎？」

到別墅時，我們放下他的行李，和廚子打招呼，隨即直接進客廳，打開落地窗旁的小桌淺抽屜，取出一個大信封。「你看一看。」他說。

裡面是一張放大的全班舊照，留影年代在我影印的那張前一、兩年。他伸小指，指向亞德里安。這張的他年紀比較小。我和他一同尋找雷昂。

「找到他了嗎？」他問。我搖搖頭。但我再定睛一看，有了，雷昂就站在亞德里安旁邊。我影印的那張和大合照裡的雷昂簡直是同一個人。「所以你早知道了！」我說。

他點頭微笑，面帶歉疚。「我早知道有這相片。不過我需要別人來證實。」

我思索片刻。

「你上星期帶我來，目的就是這個？」

「我就知道你會問。我的回答：不是。我另有其他目的，而我相信你已經猜到了。我想把樂譜交給你。交給你之後，不交給別人，我滿足了父親的遺願。我只要求你在音樂會上演奏。」

濃濃的靜謐低垂在我倆之間。我想抗議，想說幾句收不起厚禮的對應語：我無法收下——換言之也表示我不配接受你的禮物。但我知道，他聽了會感冒。

「我仍覺得，真相這樣就大白，太簡單了，也太工整了，」我說：「我有點不太相信。我們先別驟下結論。」
「為什麼？」
「因為富家天主教徒男孩就讀J中學，父母可能是《法蘭西運動》[15]訂戶，他怎麼會想碰〈柯尼吉〉呢？我一個理由也想不出來。」
「所以你想說什麼？」
「我們要的雷昂可能不是雷昂·德尚。」

＊＊＊

不願放棄蛛絲馬跡的我，接下來整個星期繼續追查線索。
我又查進幾個死胡同，也有另一條半途而廢的線索，但後來，週六下午在米榭爾的別墅裡，我忽然想通了。

15 譯注：《法蘭西運動》（*Action Française*），法國十九世紀末極右派運動發起的期刊。

「有件事一直在困擾我。首先是，你父親每週日都去聖U教堂聽音樂會。教堂該不會和雷昂有什麼神祕的關聯吧？說不定教堂本身和弗洛里恩四重奏也有關聯。我知道，弗洛里恩四重奏在同一個教堂表演了好多年，你自己也告訴我，你父親資助過他們的音樂會。所以我上網查這個四重奏，最後發現，果然不出我所料，這個四重奏不是原班人馬，陣容改變過三次。他們在一九二〇年代中期組團，最初不是四重奏，而是三重奏，由小提琴、大提琴和鋼琴組成。接下來這部分可以展現我的天才。三重奏裡的鋼琴手不是雷昂・德尚，我們猜錯了。這鋼琴手跟著三重奏演出十年，彈鋼琴也拉小提琴。他名叫艾瑞爾・華德斯坦。所以我上網查艾瑞爾・華德斯坦，果然，他是猶太鋼琴手，不只是死在集中營裡，而且是在集中營被活活打死，只因為他帶了一把阿瑪蒂小提琴，拒絕被充公。他享年六十二歲。」

「可是，他名叫艾瑞爾，不是雷昂。」米榭爾說。

「我今天早上才拼湊出全貌——是怎麼湊齊的，我也不清楚。在希伯來文裡，艾瑞爾的意思是上帝之雄獅（lion），簡寫成雷昂（Léon）。很多猶太人在猶太名之外另有一個拉丁名。在一九二〇年代，小提琴手名叫艾瑞爾，到了三〇年代初，他成了雷昂，可能是礙於當時反猶太情勢升高。想進一步了解他，最簡易的方式是去耶路撒冷的大屠殺紀念館考證。」

我覺得，我應該在這裡附加一句。感覺上，挖掘艾瑞爾．華德斯坦的歷史也能揭露一件可能看似徹底偶然的課題，但我知道這課題並非偶然，而是在潛意識上有所關聯，只因此事涉及逝去的光陰以及對親人重新認識。我幾乎能意識到此事的走向，自己已經不太願意再深究下去，因為我憂心米榭爾早有這方面的想法。他不提，我也不提。但我確定，他確實想過。

* * *

週日早晨，我們一同淋浴，然後外出到附近散步，走我沒見過的後門。村民似乎全認識米榭爾先生，問候聲此起彼落。他帶我去街角一家咖啡廳，乍看之下毫無特色，但我們一踏進裡面，我立即感受到溫馨，像航進避風港。店內的客人把轎車或廂型車停在路邊，進來喝一杯熱飲，喝完繼續上路。我們點兩杯咖啡和兩個可頌。我們旁邊坐著三名年近三十的女子，基本上為了生命中的男人互訴牢騷。米榭爾旁聽到了，微笑，對我眨眨一眼，我看得高興。「男人真糟糕。」他對女子之一說。女子說：「你們男人每早醒來，怎麼能面對自己呢？我搞不懂。」米樹爾說：「不容易啊，不過，我們盡力而為。」對方笑笑。服務生也旁聽到了，說女人勝過男人，說他老婆是全世界最完美的一個人。女子之一問：「為什麼？」她不停作勢想點菸，卻又屢次拖延。服務生說：「為什麼？因為她能改進我的為人。讓我告訴妳，想改進我這種壞胚子，只有聖人才辦得到。」女子說：「所以說，她是個聖人。」服務生說：「我們快別誇大其詞了。誰想跟聖人上床呢？」大家全笑成一團。

喝完咖啡，米樹爾在桌下伸直雙腿，似乎對早餐至為滿意。他問：「再來一杯？」我點頭。米樹爾再點兩杯。我們沉默以對。「三個星期了。」他終於說，也許是想填補安靜的空檔。我應和他的話。接著，他冷不防伸手握我。店裡客人很多站在吧台邊，我的手被他這麼握住，感覺彆扭，但我不縮手。他必定是意識到我的窘迫，於是放開我。「今晚他們會再演奏貝多芬。」他以這話彷彿想技巧性地哄我到場聆聽。

「咦，我們不是約好了嗎？」

「呃，我不想擅作主張。」他說。

「少來了！」

「我忍不住。」

「為什麼？」

「因為我內心有個青少年徘徊不走，偶爾鑽出來說幾句，然後躲起來，避不出面，因為他害怕問，因為他問了怕被你笑，因為即使是信任也很難。我很害羞，我也很怕，我也老了。」

「不要往那方面想。我們今天幾乎快破解一個謎題了。接下來，我們只要問大提琴手記不記得艾瑞爾。他可能不記得了，不過沒關係，我們照問不誤。」

「能喚回我父親嗎？」

「不能，不過，他地下有知，可能會覺得欣慰，進而讓你快樂。」

他反芻我的話片刻，然後搖搖頭，像他先前的動作一樣，以表示莫可奈何和瞭然於心。接著，他彷彿一舉躍過我倆之間所有盡在不言中的話題：「你能不能答應我，一定會演奏那首華彩樂段？希望在不久的將來，可以嗎？」

「我保證明年春末巡迴美國時演出這一首，秋季回巴黎也會再演奏。」

我見他猶豫著，明瞭他的心意。趁這時候對他說吧。

「到美國，我打算去見一個多年沒見的人。」

我看著他思忖這狀況。

「所以，你想單獨去美國？」

我點頭。

我看著他再度思索我的說法。

「去找結婚的那個？」他終於問。

我點頭。他能輕易看穿我心意，深得我心，但我擔心他判讀的結果。「和你在一起，讓我聯想起他，」我說：「如果我找到他，我想做的第一個動作就是對他說出你的事。」

「什麼？說我達不到他的高標準嗎？」

「不是，因為你和他同樣是高標。現在回想起來，我一生中只有你們兩個。其他的全是露水情。你賦予我的這幾天，讓我多年思念他也變得不虛此生。」

我看著他，這次主動伸手去握的人換成我。

「散散步？」我說。

「散散步。」

我們站起來，他提議往回走，穿越樹林到湖畔。

「我認為，我們應該做的是，查清艾瑞爾．華德斯坦是誰。也許有人對他有更深的認識。」

「也許吧。不過，他死時六十二歲了，如果還有親戚在世，歲數一定非常非常高。」

「所以說，艾瑞爾比你父親當時的年齡大一倍。」

他忽然看著我，露出微笑。

「你太奸詐了！」

「我對他們兩人感到好奇。我們之所以想查個水落石出，也許這正是背後的動力。」

「你指的是我倆？」

「也許吧。如果教堂裡有紀錄，我們能查個清楚。我們甚至能查艾瑞爾的地址，也許從一本舊電話簿查得到。如果我們真能找到他的住處，我們應該請工匠做一個絆腳石[16]緬懷他。」

「可是，假如他沒有子孫呢？假如他沒有後人呢？假如查不到他的蛛絲馬跡，也找不到

16 譯注：絆腳石（Stolperstein），依猶太習俗鋪設在路面的紀念碑，有守護亡靈之意。

進一步的資訊，那怎麼辦？」

「那樣的話，我們已經做了一件好事。絆腳石能紀念所有亡魂，追思那些進毒氣室前根本無法偷渡警語、情書、甚至留名的人。他只傳遞了一份挾帶希伯來禱告文的樂譜。你家族有沒有人在大屠殺期間喪生？」

「我對你說過我舅公的事。我想我曾祖母也死在奧斯威辛集中營，不過我不確定。人一死，再也沒人提起你，轉眼間，沒人問，沒人說，甚至沒人知道，也沒人想知道。人化為烏有了，從來沒來過世上，從來沒愛過。歲月不留影子，記憶不撒灰燼。」

我想起艾瑞爾。樂譜是他寫給青年鋼琴手的情書，他的祕信。*為我演奏。為我頌禱。記得這曲子嗎？曲子藏在裡面，埋在貝多芬底下，在莫札特旁邊，追尋我。*猶太人雷昂不知受盡什麼難以言喻的苦楚，寫下這首華彩樂段，以傳達：*我想念著你。我愛你，演奏吧。*

我想起年長的猶太人艾瑞爾，明知亞德里安家人不歡迎他，他照樣上門找亞德里安。或者，艾瑞爾想去他家避難卻被趕走。或者，更慘的是，被父親或母親舉報，或被僕人檢舉——可能受父母親教唆。我想到，艾瑞爾試圖逃難到葡萄牙或英國，或者更糟的是，他遇到驚心動魄的臨檢，慘遭法國民兵逮捕，同一時間更有無數老少猶太人半夜從家中被拖走，趕上水泄不通的卡車。後來，艾瑞爾被關進牢籠，被押上運送牛隻的車廂，最後因為他抵死不肯交出小提琴而被打死。而那把小提琴，今天可能置身德國某民宅中，家人可能茫然不知小提琴是贓物，原主已經魂斷集中營。米樹爾的父親因為無能解救艾瑞爾，所以想贖罪？由於我無法為你和親人提供庇護，我從此再也不彈琴。或是：念在他們對你的暴行，我就此和音樂一刀兩斷。我依稀聽得見艾瑞爾懇求：你非彈琴不可啊。看在愛我的份上，永遠不能停，想彈就彈這一首。

再一次，我想到自己的人生。有誰哪天會送我一首華彩樂段，對我說：我走了，不過，請你務必追尋我，為我演奏，好嗎？

「裡面這首猶太祈禱文的名稱是什麼？」

「〈柯尼吉〉。」

「是對死者的禱告嗎？」

「不是，對死者的禱告叫做〈頌禱詞〉。」

「你會嗎？」

「每個猶太男孩都學過。在我們認識死亡是什麼東西之前，師長已經教我們為死去的親人禱告。反諷的是，唯一不能對自己講的禱告詞就是〈頌禱詞〉。」

「為什麼？」

「因為人都翹辮子了，嘴巴哪能頌禱？」

「你們猶太人啊！」

我們笑了。接著，我沉思片刻。「你知道嗎，有個很大的可能性是，這整個雷昂—艾瑞爾事件，不過是個虛構的故事。」

「對，不過就算是虛構，也是我們的故事。我們今晚該有什麼活動，我告訴你好了。我們回巴黎，我會照我父親的模樣行事，你會照我年輕的樣子行事，或者，你可以充當我那個避不見面的兒子，我們能坐在一起，欣賞弗洛里恩四重奏，也許照我父親在你這年齡時，和跟我年紀相仿的雷昂一樣。你知道，人生終究是不斷重彈的老調，冥冥之中能提醒你我，即使沒有上帝，命運之神出牌的手法有懷舊之妙。我們拿不到五十二張牌，頂多拿到四、五張，而且碰巧父母、祖父母、曾祖父母也拿過同樣的牌。命運牌磨損了，扭曲了。出牌的順序也有限：在某階段，你會打出同樣的牌，順序鮮少相同，卻總顯得近似，令人毛骨悚然。有時候，最後一張牌甚至不是臨終人打出的牌。我們相信是生命盡頭的東西，命運之神未必尊重，會把你最後一張牌發給別人。所以我才認為，所有人生都注定一直是未完成式。這是我們全需面對的事實，可悲可嘆。我們走到盡頭，人生絕對還沒結束，還早得很！有些計畫幾乎尚未起步，有些事沒有解決，到處是擱著沒辦完的事。人生的真諦是死時有些遺憾哽在食道裡。法國詩人有道是：**等到我們弄通人生之道時，已經太遲了**。然而，我們如果發現，自己降生世上是為了讓他人的人生更完滿，能代他們闔上人生帳冊，能幫他們打出最後一張牌，多少也能因此獲得小小的喜悅。我們如果知道，人生完結篇必定由他人代筆，而代筆者是我們生前愛過的人，對我們用情夠深，比這事更能讓我們心滿意足的結局不多吧。以我而言，我認定這個人是你，即使我倆已經分手也一樣。這好比已經知道誰在我斷氣後能為我闔眼皮。我希望是你，艾里歐。」

一時之間，正當我傾聽米榭爾這番話之際，我忽然想到，在地球上，我只盼一人能在我斷氣後為我闔上眼皮。我希望，多年不曾對我開口的他能橫渡千山萬水，一手覆蓋我眼睛，而我也願意為他闔眼皮。

「待會兒，」米榭爾說：「我們去見四重奏最年長的成員，問他記不記得。你三個星期前迫切想聽他們現場表演。不過，在問他之前，在中場休息時間，我們去向同一個佝僂老修女買熱蘋果酒，也許再假裝彼此不認識，相約散場後再見面，然後一起去吃點宵夜。」

「天啊，那天晚上，我多麼想叫你抱我，邀我陪你回家，我告訴過你嗎？我差點講了一句話，憋著不敢講。」

「也許那天晚上缺少那張命運牌。」他微笑。

「也許吧。」

他一面看著我，一面裹圍巾。「你冷不冷？」他問。

「有點。」我說。我看得出，他對我有所憂心但不願表白。「想不想乾脆回家算了？」

我搖頭。「我緊張的時候會冷。」

「你為什麼緊張？」

「我不希望結束。」

「為什麼有結束的必要？」

「不為什麼。」

「在我今生，你是命運之神差點糊塗沒發給我的一張牌。今晚滿三星期了，而當初可能一眨眼的工夫，事情就不會發生了。我需要——」他欲言又止。

「你需要？」

「我需要再一個星期，再多一個月，再多一季，換言之再多一生。給我冬天。春天來了，你將飛走，進行巡迴演出。我們今天層層剝繭、挖掘真相的過程中，我知道你有個心上人，而我不相信那人是我。」

我不語。他微笑，若有所思。

「也許是結婚的那個。」隨即，他畏怯一會兒，我聽見他喉音緊繃。「我今生盼望的是你能找到幸福。至於其他……」他無法講出下半句。他搖搖頭，意指其他全不重要。

我倆都想不出能再說什麼。我抱著他，他抱著我，仍互擁之際，他瞧見一群雁從頭上掠過。「看！」他說。我不放手。

「十一月。」我說。

「對。不是冬天，不是秋天。我總喜歡十一月的柯洛鄉景。」

3 隨想曲
Capriccio

艾芮卡與保羅。

這兩人素昧平生，卻雙雙步出同一座電梯。女的穿高跟鞋，男的穿船鞋。搭電梯上我這一層途中，兩人發現目的地是同一間公寓，朋友之中甚至也有交集——是我完全不認識的克萊夫。這兩人是怎麼討論到克萊夫的，我愈想愈詭異，但是話說回來，注定異象層出不窮的今晚有怪事也不足為奇，因為我迫切想見的兩位居然同時抵達我的告別晚會。保羅由他那位大他好幾歲的男友陪同，艾芮卡則有丈夫隨行，但我仍無法相信的是，幾個月以來，我一直想接近的這兩人終於在我臨別前幾天光臨我家。在場另有許多人——但誰在乎其他客人呢：他的男友、她的丈夫、瑜伽教練、米蔻一直想介紹的朋友、住10H的古怪針灸師。此外也有我去年秋天在學術大會認識的一對，學術大會主題是從納粹德國流亡的猶太族群。另外也有我系上那個瘋癲邏輯學者，他帶著神經兮兮的素食老婆一起來。另外也有西奈山醫院醫師丘德利，個性體貼，很樂意配合今晚客人的需求改造手抓式小餐點的概念。晚會進行中，我們打開義式氣泡酒，大家敬我們一杯，歡送我們返回新罕布夏州。公寓已經清空了，告別演說在四壁之間迴盪。幾位研究生向我們敬酒，揶揄我們，溫情與幽默兼具，陸續有客人來來去去。

幸好，兩位重點客人留下來了。客人們在空蕩蕩的公寓裡走動之際，艾芮卡甚至踏進陽台，我跟進，保羅也跟著過來，他和她各端一個香檳杯，斜倚欄杆，談論一位名叫克萊夫的男子，艾芮卡在我左邊，保羅在我右邊，我把自己的杯子放到地板上，左右各攬一腰，態度友善、隨意、徹底自然。後來，我縮手回來，也靠在欄杆上，三人肩並肩站著，一同欣賞夕陽西下。

兩人都不躲我，都挨著我站著。費了幾個月的工夫，總算把這兩位請來這裡。我臨別在即，在這個十一月中旬秋老虎發威的傍晚，三人站在能俯瞰哈德遜河的陽台上，享受著安詳時刻。

保羅的系所和我在同一層樓，但我和他在學術上沒有往來。從他外表來判斷，我猜他若不是正在趕論文的研究生，就是新任不久的博士後研究員，不然就是以終身職為目標剛起步的助理教授。我們進出同一樓，走同一座樓梯，偶爾在大型教職員聚會時擦身而過，更常在兩條街外的百老匯星巴克不期而遇，通常是在傍晚，在研究生研討班開始之前。有幾次，在馬路對面的沙拉吧，我們彼此注意到對方。午餐後進同一洗手間刷牙，又撞見對方，免不了微笑一陣。我和他各拿一支已經塗好牙膏的牙刷，正要去洗手間，彼此相見不禁微笑，成了慣例。看樣子，他和我習慣不帶整條牙膏進廁所。有一天，他看著我問：「Aquafresh？」我說：是的。怎麼知道的？他回答說，看三色條紋就知道。為了把握他開場做球的機會，我順勢問他用什麼品牌。「緬因湯姆。」我早該知道。他絕對是小眾精緻品牌的愛用者。八成也用緬因湯姆體香劑、緬因湯姆香皂，以及多半在健康食品店才買得到的非主流商品。有時候，我看他漱掉一嘴牙膏時，想知道吃完沙拉用茴香牙膏刷牙的滋味如何。

誰也沒有追求誰，但一股暗流似乎在我們之間洶湧著。午後羞赧問候一聲，搭建起一座薄弱的浮橋，翌晨在樓梯相遇，幾乎連招呼都不打，橋因而被倉促拆卸。我要某種東西，而我懷疑他也有同感。但我從來不確定自己判讀是否夠清楚，因此不敢明言，不敢再跨一步。

在一次短暫交談中，我趁機告訴他，我的七年一次公休假即將結束，我不久也將搬回新罕布夏州。他說他覺得遺憾，本來想旁聽我開的先蘇格拉底哲學研討班。「可惜時間啊！」他說：「時間啊！」伴隨的笑容彆扭而帶歉意，接著不高不低嘆一聲。原來如此，他搜尋過我的底子，知道我開了一門先蘇格拉底哲學研討班。我受寵若驚。正針對俄國鋼琴家范伯格寫書的他身受截稿壓力。我從未聽過范伯格，聽他這麼說，但願能抽空多了解他的我對他多了一份認識。如果他有空，想來我們搬得差不多的公寓參加小型歡送會，我們誠摯歡迎他來。我說，我們家只剩四張椅子。能抽空來嗎？當然，他說。他回答得如此爽快，我不太想聽信他。

另一位是艾芮卡。我們是瑜伽班同學，有時她特別早到——清晨六點——我也是；有時候，我們兩人姍姍來遲，晚間六點。甚至有幾次，我們在同一天練瑜伽兩次，一次是清晨六點，一次是晚間六點，幾乎像兩人一直在找對方，但自知運氣沒有好到一天能見兩次。她喜歡占固定的一角，我總占距離她一英尺外的地方。即使她沒來，我也喜歡把瑜伽墊平鋪在靠牆約四英尺的地方。起初是因為我喜歡占我們的老地方，後來發現自己能以巧妙的方式為她占位子。然而，我和她都不是常客，所以許久之後才互相匆匆點頭示意。有時候，我已經躺下來，閉上眼睛，突然聽見有人在我旁邊放下瑜伽墊。我不看即知是誰。即使當她赤腳走向我們的小角，我已能認出她偷偷摸摸、戰戰兢兢的窸窣、她的呼吸聲、以及躺下之後清清嗓子的動作。見我也來了，她不隱瞞驚喜狀。我較為謹慎，常佯裝詫異狀，多看一眼才突然露出「喔，是妳啊」的表情。有時我和她在教室外等上一堂課散場，鞋子已經脫掉，我不想表現得太明顯，也不想顯得太積極，不想讓她看清我有意突破向來淡如水、有一句沒一句的瑜伽經，進一步和她攀交情。我們討論著自己在瑜伽課的表現多麼不入流，或抱怨代課教練多麼差勁，或在耳聞風雨將至的氣象預報後嘆息，預祝對方週末愉快，雙方的言談總是溫文有禮，卻略帶反諷意味。我知她知，這層關係僅此為止，不可能更深入。但我喜歡她纖細的腳丫，喜歡她平滑的香肩閃耀著炎夏日曬的成績，肌膚似乎為了留不住上週末的防曬油氣味而怨怒。我最喜歡的莫過於她的額頭。她的額頭圓圓的，不平坦，暗示著裡面有我難以訴諸言語的思想，我想深入了解，因為每當她嫣然一笑之後，五官總明顯飄浮著明眼人的諷刺味。她穿緊身裝，精瘦的小腿曲線畢露，因此如果我放縱自己的心思時，兩、三下就能想像她抬腿九十度，做出雙腳靠牆倒立式，腳跟壓著我胸膛，腳趾伸向我肩膀，腳踝握在我手中，我跪著面向她。然後，如果她彎腿，漸漸用膝蓋夾住我的腰，我只需聽見她的呼吸，只需她嬌喘一聲，就知道我要的不只是瑜伽純情。

我考慮邀請瑜伽教練前來歡送晚會，我說。她和她先生也想參加嗎？好啊，她說。

所以，她帶先生來了。以十一月而言，這天算高溫，我們把落地窗開到底，河面的微風徐徐飄進來，窗台上的燭火搖曳著，賓主都覺得置身電影中，在最奇妙的週六夜裡萬事亨通。我只忙著介紹大家互相認識，意識到話題即將耗盡時，以靈巧的口吻提問，避免語調像主人打過草稿，問題俗套。你覺得這電影最後一幕如何？你覺得那兩位長青樹演員的表現怎樣？和這位導演的上一部電影比較起來，你同樣喜歡這一部嗎？我最近喜歡忽然以一首歌收場的電影結局。你呢？

今晚是我的歡送會，但我仍是主人。我負責讓義式氣泡酒源源不絕，大家似乎全然鬆懈下來。那兩位靠牆站著閒聊，從互動看得出端倪，我偶爾加入他們時，感覺我們三人自成一天地。假使所有人走得一個不剩，我們也不會留意到，會繼續聊這本或那本書，這部電影或那齣舞台劇，話題一個接一個，想法從不相歧。

在廚房旁，他們彼此問對方的事，也問我，一、兩度見人接近時，也設法將來人納入對話中。我們爆笑起來，我握起他們的手，知道這兩人都喜歡我的舉動，以輕輕握一下回應，手勁不鬆軟，也不僅止於禮貌性的回敬。先是保羅，然後是艾芮卡，曾一度摸摸我的背，動作輕巧，近似他們也喜歡我這件毛衣的觸感，想再摸一下。在這美妙的夜晚，我們喝著酒，手機不曾響起一次，丘德利醫師的點心不久即將登場。晚會原訂在八點半結束，但如今超時已久，無人有告辭的表示。

偶爾，我會朝米蔻偷瞄一眼，意思是：*妳那邊一切可好？*她會匆匆點頭表示：*很好——你那邊呢？*我會回答：*我這裡還可以*。我倆是合作無間的團隊，而維繫我倆的正是這份合作關係。我心想，正因如此，我倆一向知道，我們會成為好伴侶。團隊精神，沒錯。有時候也有激情。

*你那邊那兩人是……？*她微微傾頭詢問，指的是她沒見過的這兩位年輕客人。我回傳的訊號是：*待會兒告訴妳*。她繃緊臉皮，略顯疑心。她的表情掃興，我懂她的含義是：*你在耍心機喔*。

這兩位富幽默感，笑口常開，有時候尋我開心，因為我常趕不上大家似乎都知道的潮事。但我隨他們取笑我。

一度，艾芮卡插嘴低聲說：「先別看。你太太的朋友一直盯著我們。」

「她想爭取大學裡的一份工作，所以我才一直躲她。」

「你沒興趣嗎？」保羅問，語調裡有一絲絲反諷。

「或者不太確定？」艾芮卡也加入。

「不欣賞，」我回答。「其實我的意思是不受吸引。」

「可是，她的姿色不錯嘛。」艾芮卡說。我搖搖頭，面帶嘲弄的微笑。

「閉嘴！她知道我們在談論她。」

我們三人立即心虛，轉移視線。「何況，她名叫麒麟。」我接著說。

「不是麒麟，是凱倫。」保羅說。

「我聽到的是麒麟。」

「其實，她自我介紹的確是麒麟。」艾芮卡說。

「那是因為她講密西根語。」

「你指的是密西根腔。」

「聽起來像密西狂。」三人噗哧大笑成一團，似乎無法自制。

「我們被盯上了。」保羅說。

我們仍在努力憋笑之際，我的心思向前大躍進。我要他們走進我的世界。客觀條件不計。我現在就要他們，連他的男友、她的配偶都要，連他們的新生兒或領養的小孩也要。我歡迎他們想來就來，想走就走，只求他們在我沉悶無奇的新罕州生活裡進進出出。

在無法預知的情況下——完全不見得是無從預知——假使艾芮卡和保羅對彼此產生好感呢？照這種情境發展下去，我甚至會產生感同身受的刺激感。性慾能接受無奇不有的貨幣，而感同身受的歡愉有自訂的匯率，夠牢靠，能讓人信以為是親身體驗。向別人商借歡愉，自己不至於鬧破產。唯有在我們誰也不要的時候，才會淪落破產的地步。「你們認為，她能讓任何人快樂嗎？」我問的「她」是我太太的朋友。為何有此問，我自己也不太清楚。「像你這樣的男人？」保羅立即反問，彷彿握著飛鏢瞄準，準備快手射鏢，這時他的微笑帶出艾芮卡狡猾但知分寸的笑臉，我見她表情，得知她可能已看破我這問題的表象。這兩人的看法似乎一致：我不是容易取悅的一型。我說：「要是你們知道我要的東西多單純就好了。」她問：「例如？」她問得幾乎太突兀，彷彿迫切想戳破我的鬼扯或假話。我說：「我能舉兩個例子。」她說：「那就快舉例啊。」她當場挑釁我，渾然不知她講得太倉促了，不知道我呼之欲出的回答出乎她所料。保羅發現我吞吞吐吐，說：「搞不好他不想答。」我回應：「也許我想答。」懊惱的笑意再度在她嘴唇上晃動。「也許不是吧。」她總算知道了，她一定知道。我看得出我害她緊張。但我從經驗得知，這一刻最適合提出露骨的問題，或者連問都不必問，因為回答只有一種：是的。但她很緊張。「反正我們多數的願望都是憑空想像的，不是嗎？」我說，再一次盡可能為自己剛才的話緩頰，給她一個台階下，以免她想逃卻找不到退路。「最甜美的欲求如果永遠無法實踐，對我們的意義往往更遠久綿長，你們不認為嗎？」

「我好像沒有等過那麼久，所以沒辦法體會欲求被拖延的滋味是什麼。」保羅說完爆笑起來。

「我就有。」她說。

我看著他們，他們看著我。我喜歡這種尷尬時刻。有時候，我只需延長這時刻，不能揠苗助長。然而，氣氛愈來愈緊繃，她急著開口，沒話找話說，我因而會意到，她的確已感應到我的弦外之音。她說：「我相信你以前遇過一個在你身上留下瘀傷或疤痕的人。」

「的確有，」我回應。「有些人打得我們遍體鱗傷，讓我們殘破不堪。」我沉思一會兒。「以我來說，傷到對方的人是我，而我卻是永遠無法釋懷的一個。」

「女方呢？」

我遲疑片刻。「男方。」我糾正她。

「在哪裡？」

「義大利。」

「義大利，那當然囉。國情不同嘛。」

她的頭腦很精，我暗忖。

＊＊＊

艾芮卡和保羅。

沒錯，他們處得來。我讓他們繼續聊，自己走向其他客人。我甚至和太太的朋友凱倫談笑幾句。凱倫儘管有胎記，也不能算不美，也有豐富的嘲諷力，讓我明瞭她是個天資聰穎、志在進軍評論圈的才女。

一閃即逝之間，我的心思飛回上一個學年，每逢週末，我們常在週日晚辦非正式聚餐，買現成的傳統雞肉派和法式鹹派，加熱後即可上桌，我也準備我的招牌甘藍菜沙拉，摻加五花八門的佐料。總有人帶起司上門，也總有人帶點心。葡萄酒和美味的麵包多得是。我們會談論古希臘戰船、古希臘火戰，以及現代作者引用的荷馬式明喻和希臘修辭學家。這一切即將不保，如同我無意間在紐約養成的小習慣。搬走後，我才學會懷念珍惜它們。我將失去同僚和新朋友，更將痛失這兩位，尤其是我們現在學會在瑜伽課和學校之外的場合打交道。

這時候，我四下張望，看見這間公寓和我們夫妻去年八月搬進來時一樣空曠。一張桌、四張椅子、幾張飽受日曬雨淋的陽台椅、餐具櫃、幾座空書架、一張凹陷的沙發、一張床。衣櫃裡有無數衣架，看似雙翼被撐開的標本鳥。客廳裡有一台落寞的大鋼琴，我和米蔻都沒碰過，上面仍堆積著我們保證要帶回新罕州的舞台劇節目單，但我們已經知道不可能帶走。其他東西全裝箱運走了。下一位房客是梅納，也是古典學系教職員，十一月中旬才搬進來，所以校方准我們住到現在。他是我研究所的同學，我已經寫好信歡迎他。**烘乾機拖很久，無線上網時有時無。**我從來沒有羨慕過他。如今，我巴不得和他換位子。

* * *

最後，不出我所料，這兩人又開始聊新聞工作者克萊夫，姓什麼，兩人都不記得了。保羅穿漂白短袖亞麻衫，胸釦敞開，舉手摸頭回想克萊夫姓什麼時，我順著他手臂的肌膚往上看，見到極為稀薄的腋毛。我猜他大概有刮腋毛的習慣。我愛他曬得發亮的手腕。每次他又想回憶某人的姓，再舉手摸頭，我會再朝他的方向瞄一眼，可能整晚也看不過癮。

有幾次，我瞥見他和男友遠遠對望，匆匆使眼色。串謀與團結——兩人似乎在關照對方，甜蜜之情娓娓涓流。

她穿著鬆垮的天藍色上衣。我不太能直視她的胸部，因為輪廓還算清淡，不至於挑逗人心，但我知道她能意識到我朝她瞄的每一眼。在這之前，我只見過身穿瑜伽裝的她。吸引我的是黑眉毛以及榛子色的大眼眸——她的眼珠不只盯著你看，還會對你有所求，然後流連不走，彷彿真的指望你給個說法，而你見狀無言，只能以茫然的目光表達無能回應的無奈。然而，那對眼珠子也不盡然有所求——只像她記得你，覺得你眼熟，盡力回想在哪裡見過面，含笑的眼神只訴說著，她知道你明明記得卻裝傻，不肯幫她回憶。另外，我也常常注意到，每次她的目光瞟向我，總隱含著某種意味。有一次，我去電影院，看到她在排隊，見到那眼神，差點想打破兩人之間的沉默。當時她和丈夫在一起，正對他講話，忽然轉頭正視我，剎那間我和她目不轉睛，直到認出對方，無言之中懸崖勒馬，只默默點頭，算是打招呼，意思是：瑜伽課，對吧？是的，瑜伽課。然後，我們讓目光倉惶溜走。

妻子米蔻和瑜伽教練決定出來陽台抽菸。他逗得米蔻哈哈笑；她很少大笑——我們很少大笑。我向一位客人借菸，過去湊熱鬧。「我們所有菸灰缸全裝箱載走了。」米蔻解釋，端著一個半滿的塑膠杯權充菸灰缸，在杯緣敲敲菸，讓菸灰掉進飲料。「欠缺意志力。」瑜伽教練指的是他本人。「我也是。」她回應，兩人大笑起來，他伸手握她的杯子，對著杯緣點一點菸灰。我們又閒聊一陣子，後來發生一件始料未及的事。

有人掀鋼琴蓋露一手，我立時認得曲子是巴哈。我走回客廳時，見人群簇擁在鋼琴周圍聆聽。鋼琴手是誰，我該猜到卻不願猜。是保羅。一時之間，或許因為我始料未及，我當場聽得出神。地毯已經運走了，琴音在空蕩的公寓迴盪，音色更清朗、更豐濃，幾乎像置身空無一人的梵蒂岡大教堂。我為何沒料到他會禁不住老爺鋼琴誘惑，沒料到他會用這鋼琴彈一首和我絕緣多年的曲子。

音樂延續幾分鐘，我只想站到他背後，抱住他的頭，親吻他露在領子外的頸背，要求他拜託拜託再彈一次。

似乎沒有人認得這曲子。保羅演奏完畢，全場沉默不失敬意。保羅的男友總算穿越人群而來，伸出輕之又輕的一手，放在他肩膀上，也許是請他不要再彈了。然而，保羅忽然出手，演奏二十世紀德裔蘇聯作曲家舒尼格的曲子，大家都笑了。也沒人認得這首歌，但當他立刻轉進下一首——狂人版的〈波希米亞狂想曲〉——全場哄堂大笑。

演奏到一半，我決定坐下。窗台下有一台電暖器，我坐在金屬蓋子上，艾芮卡也過來，坐我身旁，動作輕盈如貓咪，能擠進壁爐架上的瓷飾品之間，不會移動任何飾品。她只轉身找丈夫而已。這麼一轉身，她讓右肘靠在我肩膀上。丈夫站在客廳另一邊，雙手各端著一個酒杯，神色不自在。她對他拋出微笑。他點頭回應。我對他們夫妻感到納悶。她轉身回來，面對鋼琴手，手肘卻繼續靠著我肩膀。她沒有糊塗到不知自己在做什麼。大膽卻拿不定主意。但我不能專心在其他事上。我欽羨她這份無拘無束的自在。能隨遇而安的人，總有這種自信。我不禁聯想起年少時期，我也假設別人非但不介意，反而希望我主動碰他們。這種無拘無束的信任感令我心生感激，我伸手去摸最靠近我肩膀的那手，輕輕握一下，感謝她認我這個朋友，也知道伸手摸她勢必移動她的手肘。她似乎絲毫不介意，但手肘不久就縮走了。原本在廚房裡的米蔻走過來，站在電暖器旁，一手放在我另一肩。和艾芮卡的手肘有天壤之別。

男友告訴保羅，再待一會兒就該走了，不宜再彈下去。「他一開始彈琴就沒完沒了，到時候我就成了攪局的霸凌者。」在這當兒，我站起來，走向仍坐在鋼琴前的保羅，一手摟住他，對他說，我認得巴哈的這首小詠嘆調，也對他說，我不知道他想彈這一首。

「我本來也不知道。」他訝然說，語氣坦率，能博得他人信賴。他很高興我認得巴哈的隨想曲。「這是巴哈〈親愛的兄長臨別曲〉。你們快搬走了，所以這首不能說不應景。你想聽，我可以再彈一遍。」

多麼貼心的男人，我心想。

「只因為你即將離去。」他又說，大家都聽見了，語調中的人性光輝從我心靈中扯出某種東西，我不便在眾多客人面前真情流露。

於是，他再次演奏小詠嘆調。他為我彈琴，大家也看得出他針對我而演奏，而令我心碎的是，我知道——正如他也明瞭——揮別與離去之所以悽愴，是因為我們今生幾乎絕對不可能再見一面了。他有所不知，也不可能知道，大約二十年前，有人為我彈奏同一首小詠嘆調，當時臨行的人也是我。

你在聽他彈琴嗎？我問今晚缺席，卻從未在我心中缺席的那個人。

我在聽。

你知道吧，你一定知道，我磕磕絆絆走過這幾年。

我知道。我也一樣。

你以前彈給我聽的音樂多美妙啊。

是我想彈。

所以你沒忘記。

我當然沒忘。

＊　＊　＊

在保羅演奏期間，我凝望他的臉，無法釋懷的是他那雙眼。他也凝望著我，目光有無限坦然柔情，我感念在心，我知道琴聲是醉人的古語，傾訴著我人生的既往，傾訴著我仍可能或永遠無法踏上的路，而抉擇就在琴鍵上，以及我手上。

保羅一彈完巴哈小詠嘆調，立刻解釋說，他剛決定彈一首范伯格改編的聖詠前奏曲。「不到五分鐘，我保證，」他轉向男友說：「不過這首短短的聖詠前奏曲，」彈了幾個音的他歇手說，然後繼續再彈，「可以改變你的一生。我覺得我每彈一次，我的人生就跟著變。」

他是在對我發言嗎？

他怎麼可能知道我的人生？

但繼而一想，他一定知道了——我要他知道。他一對我說出這句話，我豁然明瞭，然而我已經意識到，這句話將在幾秒後遁逝，彷彿句中的寓意永遠和音樂密不可分，緊貼著今晚這年輕人在上西城區介紹的一首歌——我從未聽過、從此盼望天天聽的曲子。或者是因為秋夜在巴哈陪襯下出脫得更明亮，或者是因為我即將失去這間被掏空的公寓，裡面擠滿了我日漸喜歡的這群朋友，而在音樂的撫慰下，我對他們的喜歡有增無減？或者是，音樂充其量不過是人生這一回事的預兆，把人生變得更伸手可及，變得更真實——或更虛幻——因為人生的波紋裡潛藏著音樂和咒語？或者是他的臉，他從椅子抬頭望我的那張臉，說著：*你想聽，我可以再彈一遍？*

或者，他的意思可能是：如果這曲子不能改變你，親愛的朋友，它應該至少能提醒你一件刻骨銘心的往事。那件事，你大概淡忘了，但其實始終不曾消散，音符敲對了，依然能敲得那件事共鳴，猶如手指輕按一下，琴音之間的隔間如果準確，就能輕輕喚醒長年昏睡的精靈。我可以再為你彈一遍。二十年前，有人曾對我說過類似的話：這是我改編的巴哈。

我看著和我同坐電暖器蓋子上的艾芮卡，望著彈琴的保羅之際，我也盼這兩人的人生能驟變，因為今夜，因為這音樂，因為我。也許，我只盼他們能喚回我的過去，因為我仍看不清的正是過去，或類似過去的東西，像記憶，或者也許不只是記憶，而是更沉潛更深邃的東西，像人生中看不見的浮水印。

接著，他的語音再起。是我啦，不是嗎，你正在找的人是我，今夜音樂召喚來的人是我。

我看著這兩人，看得出他們一點概念也沒有。我自己是毫無概念。我已能看清，三人之間的橋樑注定一直脆弱，今夜過後，一踩就斷、順水漂走，而義式氣泡酒、音樂、丘德利醫師的小點心助長的善意與歡樂，也終將飄散一空。情況甚至可能退化到原點，回到我們討論牙膏之前，回到我們嘲笑那個討人厭的瑜伽教練之前。有次下課，她曾對我說：對了，那個教練口臭薰天，對不對？

如今，在保羅演奏期間，我瞭望哈德遜河夜景，想著我們在新罕州的家園，多麼遙遠，多麼悲哀。我想到，一回到家，必須把所有家具上的防塵布收起來，撣撣灰塵，開窗透透氣，非例假日夫妻倆面對面坐著匆匆吃晚餐，因為兒子們在寄宿學校就讀。我和她近在咫尺，心卻遠在天邊，從前心裡那把魯莽火、那股熱勁、那種狂笑、直奔阿里哥夜吧點兩杯馬丁尼加薯條，這些年來迅速化為雲煙了。我曾以為，婚姻會讓我倆更親近，以為我會重新做人。我以為，沒有小孩拖累，在紐約生活會讓我倆更親近。然而，我更親近的是音樂、哈德遜河、保羅和艾芮卡。我對這兩人一無所知，對他們的生活漠不關心，更懶得理他們認識的克萊夫、他們的伴侶或丈夫。聖詠前奏曲的音符洋溢客廳，音量稍微轉強之際，我的思緒飄走了。這種現象常發生在我身上，尤其是在我喝多了，聽見鋼琴聲的時候。琴音劃破大洋小海，橫跨數年的光景，帶我回歸一台舊史坦威鋼琴，演奏者宛如巴哈今夜召喚來的精靈，飄浮在空蕩的客廳裡，提醒我：**我們依然如故，我們仍未飄移**。在這種時刻，他總是這麼對我說：**我們依然如故，我們仍未飄移**——五官蕩漾著懶洋洋的嘲諷。五年前，他來新罕州找我時，他幾乎說出口了。

每次我都試圖提醒他，他沒有理由原諒我。

但他調皮呵呵一笑，擋掉我的抗議，絕不生氣的他面帶微笑，脫掉上衣，留著短褲，跨坐上我大腿，雙臂緊纏我的腰，我則極力專心聽音樂，專注於身旁的女人。他抬頭，面對我的臉，彷彿想吻我唇，想低語：你真傻，他們兩個人加起來才抵得過我一個。我既可以是男人，也可以是女人，或者男女兼具，因為對我來說你也兩者兼具。追尋我，奧利佛。追尋我。

他以前找過我無數次，但從不像今夜。

講句話嘛，拜託，再對我多講幾句，我想說。如果我能放任自己，我能向他跨出羞怯的幾步，戒慎和他寒暄，拉近彼此距離，我就說得出來。我今晚喝得夠醉，能相信他最樂意的莫過於接到我的音信。這想法逗得我心癢，音樂也逗得我心癢，鋼琴前的年輕人也逗得我心癢。我想打破沉默。

你老是頭一個開口。對我說幾句吧。快凌晨三點了。你的時區。你正在做什麼？你身邊沒人吧？

你只說兩個字，所有人乍變為臨時演員，包括我、我的人生、我的事業、我的家、我的朋友、我的妻子、我的兒子、希臘火戰、希臘戰船、保羅先生和艾芮卡小姐和我之間的小曖昧，一切全變成一道屏幕，直到人生變成一套障眼法。

全世界只剩你。

我的腦裡只有你。

你今夜想我嗎？我有沒有吵醒你？

他不應。

＊＊＊

「你最好跟我朋友凱倫講幾句話吧，」米蔻說。我消遣凱倫一頓。「我也覺得，你今晚已經喝夠多了。」她發飆說。

「我還想再喝呢。」我說，回頭和一對學者夫妻交談。他們專精研究從納粹德國流亡的猶太族群。我莫名其妙笑起來。這兩人怎麼會跑到這個我快要搬離的家？

我再端一杯義式氣泡酒，聽話走向米蔻的友人。但就在這時候，我看見那對學者，忍不住又笑起來。

我顯然是喝太多了。

我又想起妻子，想起就讀寄宿學校的兒子們。在家，每一天，她會坐著趕完她那本書。然後，她會說，等我們回到我們的大學小鎮，我會讓你讀。在我們鎮上，我們全學年穿雪靴，穿雪靴教書，穿雪靴去看電影，穿雪靴吃晚餐、參加教職員會議、上廁所、穿雪靴去床鋪，今晚的一切將成為另一段時空的往事。艾芮卡將成為往事，保羅也將被鎖進往事箱，我也將成為區區一個影子，扶著這堵明天見不到我的牆，仍不放手，宛如一隻蒼蠅，奮力抵抗一心想吹跑牠的一陣風。他們會記得嗎？

保羅問我在笑什麼。

「我一定是心情特別好，」我說：「不然就是氣泡酒灌太多了。」

「我也是。」

三人聽了大笑一陣。

＊＊＊

我記得，演奏完小詠嘆調和聖詠前奏曲之後，在敬酒無數次之後，我進客房幫艾芮卡找她的開襟毛衣，當時發生一幕尷尬的場面。有兩位客人已經走了，其他人聚集在走廊，等著。客房裡只有我們兩人，我告訴她我多麼高興她能來，這時，我大可讓兩人間的沉默拖再久一些。我意識到她的不安，但也明白她不會介意多幾秒獨處的時光。但我決定不要再強求，只不知不覺在她裸露的頸子上吻別，而不是吻臉頰。她微笑了，我也微笑。我的微笑帶歉意，她的微笑帶寬容。

向保羅道別的時刻來了，我作勢想和他握握手，他卻趕在我的手碰到他之前擁抱我。我喜歡他的肩胛骨觸碰我的感覺。然後，他在我雙頰各親一下。他的男友也以同樣方式親我。我歡暢，我欣喜，我垮了。我站在門口，看著他們四人沿著走廊離去。我再也無緣見到他們了。

我想從他們身上得到什麼？我希望他們彼此看上眼，以便我坐下來，再喝一點氣泡酒，然後決定是否加入他們的歡樂派對？或者是，這兩位我同樣喜歡，無法決定比較想要哪一個？或者是，兩個我都不要，但我非想歪不可，否則我不得已只好正視自己的人生，發現到處是陰森的大洞，最深可達我剛提到的那份遍體鱗傷的愛。

米蔻和友人凱倫在廚房裡善後。我叫她們不用管餐具了。凱倫開門見山提醒我，她想再和我談談。「過幾天吧？」她說：「等我一回紐約就可以。」我說。虛應故事。

米蔻送她進電梯，然後回來，想在臨睡前幫忙整理一下。我叫她不用麻煩了。

「晚會辦得不錯。」她說。

「非常不錯。」

「那兩個，到底是誰呀？」

「小毛頭。」

她露出心照不宣的微笑。「我想去睡了，你來不來？」

我說，等我善後完，不久就去找妳。

搬家後剩下兩個大垃圾袋，我把一些塑膠盤子放進袋子裡，正要關掉客廳電燈，不料發現茶几上有一包香菸，放在全公寓唯一的菸灰缸附近，可能是凱倫的菸。我抽出一根，點燃，關掉所有電燈，拉菸灰缸到我身旁，坐在已經易主的舊沙發上，兩腳搭在椅子上。這四張椅子將留給新主人坐。我開始想著印象中多年前的那首小詠嘆調。然後，在半暗不明的客廳裡，我向外望，見到一輪滿月。我的天啊，多麼美。我愈看愈渴望能對它一吐為快。

我沒有改變你的人生嗎？好心的巴哈老爺問。

抱歉，沒有。

為什麼沒有？

對於我不知該如何啟齒的問題，音樂無法提供解答。我追求的是什麼，音樂不告訴我。音樂提醒我，我可能仍然身在愛河中，只不過我不再能確定我懂墜入愛河的真諦。我時常顧及他人，但被我傷害的人更多。我甚至連自己的感覺都不清楚了，但我的確仍有感覺，只不過與其說是感覺，倒不如說是一種悵然若失的心情，也許甚至稱得上是失敗感、麻木感、或是渾然不知。曾經，我自信滿滿，以為自己懂事，懂我自己。我闖進別人世界裡，不問也不懷疑對方歡不歡迎我，以為別人喜歡我主動伸手碰他們。音樂提醒我，人生原本可以走上哪一條路。但音樂無法改變我。

巴哈說：也許，音樂對我們的改變不是那麼大，偉大的藝術也無法改變我們。音樂能提醒我們的是——儘管我們信誓旦旦或否認——我們一向知道的本性，而我們注定維持原狀。音樂提醒我們埋葬、隱藏、然後失去的里程碑，提醒我們記得舉足輕重的其人其事，我們的謊言再多，歷時再久，也不會淡忘。音樂只不過是我們的悔恨發出的聲響，套上節拍，能揮灑出歡樂與希望的幻影。音樂最能提醒我們，人生苦短，而我們漠視了人生，或蹉跎了人生，更糟的是未能落實人生。音樂是未竟的人生。你活錯人生了，朋友，也幾乎把你有幸獲得的人生搞得面目全非。

我要的是什麼？你知道答案嗎？巴哈先生？人生活得是對是錯，有這種說法嗎？

我是藝術工作者，朋友，我不是問答機。藝術工作者只知道問題。何況，你已經知道答案了。

客觀環境容許的話，她會在同一張沙發上，坐我左邊，他坐我右邊，離菸灰缸一英寸。她脫掉鞋子踹開，雙腳抬到咖啡桌上，放在我的腳丫旁邊。我的腳，她最後說著，因為她意識到三雙眼睛都在看。好醜的腳丫子，不是嗎？她說。我說：「一點也不醜。」我握著他們的手。我放開一隻手，改在他額頭上遊走。當她倚靠我肩膀時，他轉身面向我，然後對準我的嘴吻下去，長而深的一吻。我倆都不介意她在旁觀。我要她旁觀。這小子的吻技不俗。起初，她不作聲，然後她說：我要他也吻我。他對她微笑，幾乎是從我身上爬過去吻她的嘴。事後，她說，她喜歡他的吻法。我說：我有同感。她說：可是他有菸味。我說：都怪我不好。他問：你不喜歡菸味？她回答：我覺得還好。我吻她。她對我嘴裡的菸味無怨言。我心想，茴香。我要她嚐嚐他的茴香，從他的嘴傳進她的嘴，再傳到我的嘴，最後回傳給他。

夜深了，我上床睡覺，遐想我們三人裸睡一床。我們互相擁抱著，但最後他們倆人蜷成一團，緊挨著我，各人一腿壓在我腿上。事情發生得多麼自然，多麼輕鬆，彷彿前來晚餐的兩人一心想做這件事。城府這麼深，計畫那麼周到，內心那麼焦慮，而幾小時之前，我才忙著把酒瓶立在冰桶裡。他的汗和她的汗合流，混進我的汗水，我愈想愈喜愛。然而，我最後只專注在他們的腳筋。她脫掉鞋子，雙腳放在咖啡桌上，我注意到她的腳筋。晚會一開始，他走進公寓，我瞧見穿船鞋的他不穿襪，注意到他的腳筋。他的腳如此纖細光潤柔嫩，我大感意外。後來，他也脫鞋，赤腳重疊搭在咖啡桌上，古銅色的腳踝纖細。他說：看看我的腳丫子，說著動動一腳他的趾頭。我們笑了。她說：小男生的腳丫子。他回應：我知道。再一次，他靠得更近，一膝搭上我大腿，然後吻我。

這一夜我做了什麼夢，我沒有印象，但我知道，我時睡時醒無數次，渾身發燙，徹夜愛著他們兩人，是單獨愛或分開愛，我記不得了，因為在我懷裡的這兩人肆無忌憚，感覺真切無比，乃至於我夜半醒來抱著老婆，竟然覺得——如同我先前憧憬過的情境——為我們四人進廚房煮早餐的一天也未必遙不可及，能讓我聯想起義大利的那棟房子。

念頭轉向米蔻。這情境容不下她。義大利是我們從未討論過的一章。但她知道。她知道有朝一日——她就是知道，大概比我更清楚。我曾想對她訴說我的老友們、他們在海邊的房子、我的房間、女主人多年前以母愛關懷我，如今失智症纏身，幾乎連自己的姓名都不記得。我也想說出她丈夫的事。在他過世之前，他和另一位女人住過同一棟房子，女人至今仍與七歲的兒子住在那裡，我迫不及待想認識他。

我非回去不可，米蔻。

為什麼？

因為我的人生卡在那裡了。因為我從來沒有真正離開過。因為在這裡的我殘缺不全，像蜥蜴的斷尾，不停左甩右晃，身體卻逗留在大西洋彼岸，留在那棟美好的海景屋裡。我離開太久太久了。

你想離開我？

我想是的。

小孩呢？

我永遠是他們的父親。

你什麼時候走？

我不知道。很快。

我不能說我很訝異。

我知道。

＊＊＊

同一夜，客人全走之後，米蔻已入眠，我熄滅門口的電燈，正要關閉通往陽台的落地窗之際，才想到蠟燭仍待我吹熄。我走上陽台，面對著大河，雙手放在欄杆上，是我和艾芮卡和保羅站過的地方。我凝望河面。我喜歡哈德遜河面燈火瀲灩的景色，喜歡清新的微風，喜歡曼哈頓這季節，喜歡喬治．華盛頓大橋。我知道，一回到新罕州，我會立刻想念這些情景。但現在，在這一夜，此景仍能勾起當年蒙地卡羅燈火直通義大利的景象。不久後，上西城區即將轉冷，陰雨數日不休，但這裡的天氣總有放晴的一天，天寒地凍的深夜照樣有人在街頭走動，紐約是永遠清醒的不夜城。

我把椅子收好，拿起地板上一個半滿的酒杯，看見另一個酒杯被充當菸灰缸，裡面裝滿了菸蒂。有多少人在外頭抽菸啊？瑜伽教練、凱倫、米蔻、我在學術大會認識的那對夫妻、素食客，另外還有誰？

我欣賞著夜景，一直看著兩艘拖船默默逆流而上，心裡想著，五十年後，別人絕對會站上同一座陽台，欣賞同樣的夜景，懷抱類似的想法，而那人不會是我。他會是青少年或八旬老翁？或者會是我這年齡的人，像我仍渴望一份舊情，渴望一份絕無僅有的愛，盡量不要想到某個五十年前和我一樣的無名氏，曾渴望一份摯愛卻極力將它排除在腦海外。這些年來的我屢試屢敗，不停渴望著。

過去，未來，它們都是面具。

艾芮卡，保羅，他們是屏幕。

天下萬物盡是屏幕。人生是一套障眼法。

重要的人生卻未竟。

我仰望明月，想請它為我解開人生謎雲。在我問題才擬好一半，她就搶先回答了。二十年來，你過著行屍走肉的日子。大家都清楚。甚至連你妻兒、妻子的友人、你在學術大會認識的夫妻，都能從你臉上看出端倪。艾芮卡和保羅知道，研究希臘火戰和戰船的學者知道，連作古兩千年的先蘇格拉底哲人都看得出來。唯一懵懂不知的人是你。但現在，連你也知道了。你不忠。對什麼不忠，對誰不忠？對你自己。

記得幾天前，我去買紙箱和膠帶，看見一個我認識的人走在馬路對面，我向他揮手，他卻不揮手回禮，只顧著一直走，但我知道他看見我了。也許他對我不高興。但是，為了什麼事不高興呢？過了幾分鐘，我見到一位我們系上的人走向書局。我和他在人行道上的水果攤前迎面相對，他視線對著我的方向，卻不以微笑回應。不久後，我在人行道上看見同一棟大樓的鄰居。在電梯相遇，我和她通常會寒暄幾句，但她不發一語，我向她點頭，她也沒反應。我突然領悟，唯一的解釋是，我死了，這是人死後才有的異象：你見得到人，別人卻見不到你，更慘的是，你被困在死時的那一刻——正想去買瓦楞紙箱——永遠無法變回原本的真我，也永遠無法挽回當年那個害你誤入歧途的大錯，如今你生生世世被困在生前做的最後一件無聊事——買瓦楞紙箱和膠帶。我四十四歲。我已經死了——但我太年輕，還不是死的時候。

關好落地窗之後，我再次想起巴哈的小詠嘆調，開始在心中哼著音符。像這樣的時刻，四下無人，我們的心思飄到九霄雲外，面對永恆，準備盤點名為人生的這貨品，清查畢生已完成、半完成、未完成的事項。巴哈爺說我已經知道答案的那問題，我的答案會是什麼？

一個人，一個名字——他知道，我認為。現在，他知道，他仍知道。

追尋我，他說。

我會的，奧利佛，我會的，我說。或者他已經忘了？

但他記得我做過的事。他看著我，不講話。我看得出他感動了。

忽然間，小詠嘆調仍在我心中迴盪之際，再喝一杯，再抽凱倫的一根菸，我要他為我演奏這首小詠嘆調，接著彈他從未彈過的聖詠前奏曲，為我而彈，只為我一人。我想著他彈琴，眼眶的熱淚愈想愈滿，究竟是酒蟲在作祟或是心聲並不重要，我現在只想聽見他，聽他在仲夏雨夜的濱海屋裡，坐在父母的鋼琴前，演奏這首小詠嘆調，而我會端著一杯飲料，靠近鋼琴坐下，與他同在，一改許多許多年來的常態，再也不徹頭徹尾孤伶伶，周遭不再是對我或他一無所悉的陌生人。我會請他彈小詠嘆調，以彈琴提醒我今夜的事——我吹熄陽台上的蠟燭，關掉客廳電燈，點菸，今生終於醒悟自己志在何方，該做什麼。

事情會照第一次或第二、第三次那樣發生。編造一個堪信的藉口，給別人聽，給自己聽，然後坐上飛機，租一輛車，或花錢請人帶我去，駛向熟悉的老路，事隔這麼多年，路可能變了，或許變化不大，可能記得我，像我記得它們一樣。轉眼間，到了：老松樹巷子，車子減速停下時車輪輾過礫石的熟悉聲響，然後見到房子。我抬頭看，以為沒人在家，以為他們不知道我來了，只不過，我曾寫信通知。果然，他在那裡，正在等。我曾叫他不要熬夜等我。他回應：**我當然會熬夜等你**。短短的「當然」兩字，我倆的往事一股腦全湧上心頭，因為這兩字帶有和緩的反諷味，正是我倆同在時他吐露心聲的方式，意思是：**就算你凌晨四點到，我照樣等你，你知道。這些年來，我一直熬夜等，再多等幾個鐘頭又算什麼，你以為我不等嗎？**

等候是我們終其一生不斷做的事。等候允許我站在這裡，回想我這邊的巴哈琴聲，讓我的思緒飄向你，因為我只願思念你，而有時候，我不知道思念的人是你或我。

我在這裡，他說。

我吵醒你了嗎？

對。

你介意嗎？

不會。

只有你一個人嗎？

有關係嗎？對。

他說他變了。他沒變。

我還常跑步。

我也是。

我喝酒稍微兇了一點。

我也是。

可是睡眠品質不佳。

我也是。

焦慮，有點憂鬱。

我也是，也是。

你想回來，對不對？

你怎麼知道？

我知道，艾里歐。

什麼時候？艾里歐問。

再過兩、三個星期。

我要你回來。

是嗎？

我知道。

我不照原定計畫走那條林蔭巷去。這次飛機會在尼斯降落。那我開車去接機，時間接近中午。和第一次一樣。

你記得。

我記得。

我想見那男孩。

他名叫什麼，我有沒有告訴過你？我父親幫他取你的名字。奧利佛。他從來沒忘記過你。

那天會是大熱天，沒有樹蔭可乘涼。但迷迭香的沁鼻味會四處瀰漫，而我會認得斑鳩的咕咕叫。屋子後面會有一大片野生薰衣草，向日葵會抬起昏昏沉沉的大腦袋瓜，面對豔陽。游泳池、暱稱為「死也要看」的鐘樓、皮亞韋河旁的陣亡將士紀念碑、網球場、通往岩岸的那座破舊的門、午後的磨刀聲、一刻不停歇的蟬鳴、我和你、你的身體和我的身體。

如果他問我想住多久，我會向他吐實。

如果他問我打算睡哪一間，我會向他吐實。

如果他問的話。

但他不會問。他不必問。他知道。

4 返始
Da Capo

「亞歷山卓，為什麼？」奧利佛問。我們停在海濱步道上，欣賞夕陽遁沉防波堤的美景。這是我們在亞歷山卓的第一晚。沿岸的魚腥、鹽味、鹹死水的臭氣熏天，我們卻繼續駐足步道上。招待我們的希臘裔屋主家在對面。大家都說，這裡曾有一座古燈塔，我們凝望著原址。屋主的家族已在本地定居八代了。他們堅稱，古燈塔原址不可能在別的地方，一定是在奎貝堡的所在地。但沒有人敢確定。此時，晚霞照進我們眼睛，霞光大剌剌浸染天邊，色澤非粉紅，也不是委婉的橙色，而是鮮豔招展的橘子色。我和他都沒見過這種晚霞。

「亞歷山卓，為什麼？」的含義不勝枚舉：從「西方史上，為什麼亞歷山卓如今的地位如此關鍵？」乃至於天馬行空的「為什麼我們選擇遊覽這地方？」。我想回答：**因為對我或對你有意義的一切，例如艾菲索斯、雅典、西西里島古城錫拉庫薩，源頭可能全是這裡。我**

想著古希臘人，想著亞歷山大和男寵赫菲斯提昂，想著遠古的亞歷山卓圖書館，想著西元四、五世紀希臘女哲人希帕提亞，最後想到現代希臘詩人卡瓦菲。但我也明白他為何有此一問。

我們離開義大利的家，旅遊地中海三星期。我們的船在亞歷山卓停留兩晚。下一站就要回國了，我們把握最後幾天享受一下。我們想獨處一陣子。家裡太多人了。我接母親過來住，由於她再也爬不動樓梯，現在住一樓，房間離我們不夠遠。家裡也有她的看護。米蘭達如果沒有遠行，會暫住在我的老房間。最後是小奧利，他的房間在她隔壁，原本屬於我祖父。我和奧利佛同住我父母以前的臥房。半夜哪怕只咳一聲，我相信整棟房子的人都會聽到。

在義大利的情形也不如我們最初的預期。我們知道，物換星移，有些事不可同日而語，但我們不太能理解的是，心願是急著重溫舊情，為何竟演變成不願共枕的情愫。房子是當年生情的同一棟——問題是，我們是原來的我們嗎？他想歸罪於時差，我隨便他去扯。我熄燈然後脫衣服，他卻翻身背向我。我本以為我怕讓他，隨即發現，我更怕的是自己失望。當他最後翻身回來時，我知道他的想法和我如出一轍。他說：「艾里歐，我好多年沒和男人做愛了，」隨即笑笑接著說：「可能已經忘了怎麼做。」我倆原本希望，肉慾能扳倒羞怯，但彆扭的感覺怎麼也趕不走。在黑暗中，我感受到兩人之間的張力，甚至一度提議純聊天，或許能藉此破解我倆的矜持。我問：是不是我無意間顯得疏離？不是，一點也不疏離。是我在鬧彆扭嗎？鬧彆扭？不是。不然到底為什麼？

「時間。」他回答。一如以往，他又只說兩、三字。他需要多一點時間嗎？我問，差點想在床上離他愈遠愈好。他回答，不是。

我半晌才理解，他指的是，間隔太長了。

「抱著我就好。」我最後說。

「然後看情況再說嗎？」他立刻打趣說，每個字都帶反諷意味。我聽得出他很緊張。

「對，看情況再說。」我呼應他的說法。記得五年前，我去他的課堂上找他，他曾以手心摸我臉頰一下。假如他當時開口，我二話不說，絕對馬上陪他上床。他當時為何不要求？

「因為你一定會笑我。因為你可能會拒絕。因為我不確定你是不是已經原諒我。」

那一夜，我們沒做愛，但我在他懷裡睡著了。我聽著他的呼吸，事隔多年仍認得他的氣味。在他懷中的我知道，我終於和我的奧利佛同床了，現在即使我們鬆手，我和他都不會遠走高飛。想到這裡，我恍然大悟，儘管事隔二十載，在同一間屋子裡的我倆仍是多年前的那兩個年輕人，心頭絲毫沒有歲月的痕跡。隔天早上，他對我看一眼。我不願讓沉默為鴻溝築橋。我要他開口。但他不打算開口。

「這是正常的生理現象……或者是衝著我來的？」我終於問：「因為，我的不是晨勃。」

「我也一樣。」他說。

記得他喜歡如何起頭的人是我。「這件事，我只和你做過。」他說，證實我倆皆知兩人之間的這現象。「不過，我照樣很緊張。」他接著說。

「我從來不知道你會緊張。」

「我知道。」

「我也非告訴你一件事不可——」我說，因為我要他明白。

「什麼事？」

「我為你保留了這一切。」

「要是我們再也不復合，怎麼辦？」

「不復合的情況永遠不會發生。」然後，我忍不住說：「你知道我喜歡什麼。」

「我知道。」

「所以說，你沒忘記。」

他微笑著。對，他沒忘記。

性愛後，破曉時分，我們下海游泳，一如多年前。

我們回家時，全屋子仍在沉睡中。

「我去煮咖啡。」

「我想來一杯。」他說。

「米蘭達喜歡喝那不勒斯煮法[17]。幾年下來，我們一直煮這種咖啡。」

「也好。」他去沖澡之前說。咖啡正在煮，我開始燒水、煮蛋。我在桌面擺好兩個餐墊，一個擺在桌頭，另一個擺在餐桌的長側。然後，我放四片土司進烤麵包機，暫時不按。他洗完澡，回來了，我請他盯著咖啡，煮好後不要顛倒咖啡壺。我愛他濕頭髮梳理後的模樣。這是他早晨的模樣，我竟然忘了。才不到兩小時之前，我們還不太確定會不會再做愛。

---

17 譯注：以翻轉壺沖泡咖啡。

我不再忙著準備早餐，停下來望著他。他明白我心裡想什麼，對我微笑。沒錯，昨晚嚇到我們的那份忐忑已經排除了。彷彿為了證實這一點，我在離開廚房去洗澡之前，在他頸子吻一下，吻得依依不捨。他說：「我好久沒被人這麼吻了。」我說：「時間。」以他的用語糗他。

沖完澡，我回廚房，赫然發現奧利佛和奧利佛並肩坐在餐桌的長側。我放三人份六個雞蛋進滾水。他們正在討論昨晚在電視上看到的電影，顯而易見的是，小奧利對奧利佛是一見如故。

土司烤好，我幫大家塗牛油，看著奧利佛先幫小奧利，然後為自己敲破蛋頭。「是誰教我的，你知道嗎？」他問。

「誰？」小奧利問。

「你哥。以前每天早上，他常幫我破蛋。因為我不會。美國人不教小孩子做這件事。現在，我也常常幫兩個兒子破蛋。」

「你有兒子？」

「對。」

「他們名叫什麼？」

奧利佛告訴他。

「你的名字是照誰取的，你知道嗎？」奧利佛最後問。

「知道。」

「誰？」

「你。」

一聽到最後這幾句，我的咽喉緊縮。短短幾句，強調了我們不曾說、來不及說、說不出的許多話，如今，這些話宛如樂章的最後一小節，為懸而未決的旋律譜出尾韻。漫長的時光過去了，事隔許多年，誰知道那些年當中，虛度的幾年竟能在冥冥之中改進我們，難怪我深受感動。小奧利像我倆的孩子，似乎也鄭重預言到，我瞬間茅塞頓開——因為這孩子的取名其來有自，因為奧利佛始終和我血脈相繫，他總是住在這房子裡，是這房子的一部分，是我們生活中的一份子。他抵達這裡之前，在我出生之前，在遠祖為房子奠定地基之前，他已經在這裡了。從當時到現在的那些年，只不過是漫長歲月裡的一個小缺口。時光那麼長，事隔那麼多年，我們邂逅背離的那些人最初極可能萍水不相逢卻終究認識了——時間，那一晚深夜我在懷裡睡著前他曾說的時間，時光總是我們為未竟的人生付出的代價。

我幫他倒咖啡時，在他背後走動之際，不禁想到，今早做完愛不應該洗澡的。我希望渾身仍有他留下的微物證據，因為我們尚未談到黎明前做的事，我想聽他重提做愛時對我說的話。我想告訴他昨晚的事，說我確定他和我一樣，自稱睡得香甜其實不然。如果不提昨夜，昨夜極可能轉眼煙消雲散，他本人也同樣能輕易蒸發。我不知道自己中了什麼邪。幫他倒完咖啡，我沉聲說話，差點親到他耳垂。「你不會再回去了，」我悄悄說：「告訴我，你不走了。」

他不出聲，揪住我一手，拉我坐回我在桌頭的位子。「我不走了。不許你有那種念頭。」

我本想告訴他二十年前的事，那些好事、壞事、讚不絕口的事、苦不堪言的事。能說這些事的時間將來多得是。我想讓他了解我的近況，讓他了解一切，而我也想知道他的一切。我想告訴他，當年在他來的第一天，我見他手臂下面的白皮膚，當時多想被那雙手臂抱住，感受它們在我裸露的腰間的觸感。幾小時前，我們躺在床上，我已經對他說過一部分。「你剛去西西里島考古，手臂被曬得好黑，那天我在飯廳裡頭一次注意到——可是，手臂下的皮膚好白皙，隱約見得到血管，有大理石般的紋路，看起來好細嫩。我想各吻兩手一下，也各舔一口。」「那麼早就想了？」「那麼早就想了。你現在可以抱抱我嗎？」「然後看情況再說？」他說。幸好昨晚只抱著，沒有進一步。他必定看穿了我的心思，因為這時候他一手放在我肩膀上，拉我靠近他，轉頭對小奧利說：「你哥是個好得不得了的人。」

小奧利看著我們。「你以為嗎？」

「你不認為是？」

「是啊，我想也是。」小奧利笑一笑。我和奧利佛知道，他也明白，反諷是這家子的語言。

隨即，小奧利冷不防問：「你也是一個好人嗎？」

連奧利佛也感動了，不得不換氣。小奧利是我倆的孩子。我和他都知道。而我已故的父親也同樣明瞭，從一開始就明瞭了。

* * *

「從這裡走，不到十分鐘，就能到古燈塔的遺址，你相信嗎？」

我們在亞歷山卓再待一晚，然後才航向那不勒斯。此行是我們送自己的大禮，或者如米蘭達所言，是我倆的蜜月。回國後，奧利佛將在羅馬大學開課教書。但是，我們佇立此地，對著太陽凝望，看著家庭、友人、閒人在濱海步道上散步，我想問他記不記得，有一晚我們坐在岩石上望海，隔幾天他即將返回紐約。他說他記得，當然記得。我問他是否記得我們在羅馬度過的那幾晚，夜遊市區至凌晨時分。是的，他也記得那一段。我正想說，羅馬之旅改變了我一生，不只是因為我們百無禁忌共度那段時光，也因為羅馬讓我初嘗身為藝文工作者的生活。我渴望過那種生活，卻不知那是我應該走的人生路。在羅馬的頭一夜，我們喝得酩酊大醉，幾乎通宵沒睡。我們認識好多詩人、藝文人士、編輯、演員。談到這裡，他制止我：「我們該不會一直挖往事充飢吧？」他以慣用的簡潔態度問，意思是，我已誤入前途無亮的疆界。他說得太有道理了。「我斬斷的人際關係太多了，也和一些人決裂，我知道將來有鉅額代價等著我付，但我不想回首。我有過米蔻，你也有過米榭爾，正如我愛過年少的艾里歐，你也愛過年輕的我。有這些人，我們才有今天。我們不要假裝這些人不存在，不過，我也不想回首。」

＊＊＊

那天早上，我們去過卡瓦菲故居。那條街原本名為勒普修斯，後來改名沙姆艾希克，現名是C．P．卡瓦菲街。路名改來改去，被我們嘲笑。我們也笑談，基督在世前三百多年前就已建城的亞歷山卓，竟然如此莫衷一是，連街名都搞不定。「這裡的一切都層層疊疊。」我說。他沒有回應。

令我錯愕的是，我們一踏進悶熱的大詩人故居，奧利佛嘰嘰呱呱向管理員打招呼，講的是純正希臘語。他怎麼會現代希臘語？什麼時候學的？我對他不懂的事還有多少？他對我不懂的事有多少？他說他上過速成班，但功臣是他曾在公休假時帶妻兒去希臘住過一陣子。兩個兒子一下子就學會希臘文，當時妻子常待在家，在院子曬太陽讀杜瑞爾兄弟[18]的作品，向不通英語的清潔婦學一點對話。

卡瓦菲的公寓如今是臨時博物館，儘管窗戶開著，仍給人一種枯燥而凌亂的印象。附近住宅區本身就顯得枯燥乏味。我們入內參觀，公寓裡採光不佳，除了街頭偶爾傳來的噪音之外，屋內一片死寂，沉甸甸覆蓋稀疏的舊家具，極有可能是從廢棄的倉庫撿來充數的東西。

[18] 譯注：杜瑞爾（Durrell），二十世紀英國作家，有兄長勞倫斯（Lawrence）與么弟傑洛德（Gerald）。

然而，這公寓令我想起我最愛的卡瓦菲作品之一。在那首詩中，他提到午後一道日光斜射床面，在那張床上，年輕時詩人曾和男友共枕。多年後，詩人舊地重遊，家具全不見了，床也不見了，公寓被裝潢成做生意的辦公室。然而，曾灑落床上的那一派陽光長存他心田。男友說他一星期之內會回來，卻杳然無影蹤。我感受到詩人的悽楚。人絕少能重新站起來。超譯卡瓦菲詩的勞倫斯．杜瑞爾寫道：

小小的這房間，我豈止熟悉！
這間和隔壁之新房客
改為經商之用，
全屋被商業辦事處吞噬，
有限公司與船運代理充斥……
何其熟悉啊，這小小的房間！

門邊曾有一沙發，
沙發前曾有土耳其小地毯，
平鋪在此地。
架子上曾有兩只黃花瓶，
在它們右邊：
不對。在它們對面（光陰似箭啊）
是寒酸的衣櫥與小鏡一面。
桌子正中央，
是他寫作的老地方，
有三張藤椅環繞。
相隔幾多年……在那裡的窗邊，
是我倆常做愛的那張床。
這些舊家具如今流落何方
必然仍備受摧殘……

窗邊，果然，那張床。
午後陽光攀上半床。

某日午後四時我倆道別，
只離開一星期，在那天午後。
我始料未及
那七天居然綿延無盡頭。

牆上掛著各種粗製濫造的詩人照，相片裡的卡瓦菲滿臉陰沉沉，令我們失望。為了紀念此行，我們買了一本希臘文版本的詩集。我們找到一家賣希臘糕餅的老店，能俯瞰海灣景觀。我們並肩坐下，奧利佛開始朗誦其中一首詩，先用希臘文，然後現場翻譯給我聽。我讀過這首嗎？我沒印象。內容是位於義大利境內的希臘村，希臘人稱為波賽頓尼亞，後來被義大利南部的盧卡尼族改名為派斯托斯，之後又被古羅馬人改為帕耶斯屯姆。幾世紀以來，希臘後裔在此地代代相傳，最後遺忘了希臘本色和希臘語，廣納義大利習俗。然而一年一度，波賽頓尼亞鎮民會舉辦希臘節，以希臘音樂和希臘儀式來盡可能追憶祖先的習俗和語言，痛心疾首明瞭到，他們喪失了偉大的希臘傳統，如今和希臘人恣意鄙夷的野蠻民族好不到哪裡去。希臘節那天日落前，鎮民懷抱著殘存的希臘情，然而隔天旭日東昇前，那份幽思已化為無形。

就在這時候，我和奧利佛吃著甜點之際，他突然想到，今人全有一套新習俗了。如同波賽頓尼亞人，如今亞歷山卓少數的希臘裔——例如我們的主人、博物館管理員、糕餅店的年邁服務生、今晨賣我們英文報的男子，各個都遵循新的習俗、新的習慣，語言和希臘本土的希臘文相形之下顯得陳舊過時。

然而，奧利佛也對我說了一件我永生難忘的事：每年在我生日當天，十一月十六日，儘管他身為人夫，也身為兩子之父，他年年不忘抽空憑弔他內心裡的波賽頓尼亞人，憧憬著我倆結合不分手的人生。「我擔心我會漸漸忘記你的長相、你的嗓音，甚至忘記你的氣味。」他說。年復一年，當天他在辦公室附近舉辦追思儀式，瞭望湖景，抽出幾分鐘，遙想他和我的未竟人生。我父親若在世會說，這也算默禱會。奧利佛的默禱會從不延續太久，也不會干擾到日常作息。他繼續說，但最近，也許那年他身在別處，他想到，情況完全相反了，除了一天之外，他全年都是波賽頓尼亞人，往昔對他的磁吸力始終不曾消滅，而他也不曾忘懷一切，不想忘記。我是否也不曾忘懷一切呢？即使他不寫信也不打電話，他也明瞭，如果我倆都不主動找對方，原因只有一個，就是我們不曾真正分手，無論置身何方，無論另一半是什麼人，無論我倆之間有再大的橫阻，等時機成熟時，他只需前來追尋我。

「你果然來了。」

「的確。」他說。

「但願我父親還活著就好了。」

奧利佛看著我，沉默片刻，然後說：「我也是，我也這麼希望。」

Hit
暢／小說
093
在世界的盡頭找到我
Find Me

•原著書名：Find Me•作者：安德列．艾席蒙（André Aciman）•翻譯：宋瑛堂•封面設計：莊謹銘•責任編輯：謝佩芃•國際版權：吳玲緯、楊靜•行銷：闕志勳、吳宇軒、余一霞•業務：李再星、李振東、陳美燕•總編輯：巫維珍•編輯總監：劉麗真•發行人：凃玉雲•出版社：麥田出版／城邦文化事業股份有限公司／104台北市中山區民生東路二段141號5樓／電話：(02) 25007696／傳真：(02) 25001966、發行：英屬蓋曼群島商家庭傳媒股份有限公司城邦分公司／台北市中山區民生東路二段141號11樓／書虫客戶服務專線：(02) 25007718；25007719／24小時傳真服務：(02) 25001990；25001991／讀者服務信箱：service@readingclub.com.tw／劃撥帳號：19863813／戶名：書虫股份有限公司•香港發行所：城邦（香港）出版集團有限公司／香港灣仔駱克道193號東超商業中心1樓／電話：(852) 25086231／傳真：(852) 25789337•馬新發行所／城邦（馬新）出版集團【Cite(M) Sdn. Bhd.】／41-3, Jalan Radin Anum, Bandar Baru Sri Petaling, 57000 Kuala Lumpur, Malaysia.／電話：+603-9056-3833／傳真：+603-9057-6622／讀者服務信箱：services@cite.my•印刷：前進彩藝有限公司•2020年1月初版一刷•2023年10月初版七刷•定價399元

國家圖書館出版品預行編目資料

在世界的盡頭找到我／安德列．艾席蒙（André Aciman）著；宋瑛堂譯. -- 初版. -- 臺北市：麥田, 城邦文化出版：家庭傳媒城邦分公司發行,
面； 公分. --（Hit暢小說；RQ7093）
譯自：Find Me
ISBN 978-986-344-720-7（平裝）
874.57 108019926

城邦讀書花園
www.cite.com.tw